Ulrike Quast

Nicht bevor du tot bist

Ulrike Quast, 1959 in Bautzen geboren, absolvierte ein Diplomstudium der Erwachsenenbildung in den Fächern Russisch und Englisch. Sie promovierte an der Universität Leipzig in Pädagogischer Psychologie und ist heute als freiberufliche Dozentin in der Lehrerfortbildung tätig. Die in Dresden lebende Autorin verfasst wissenschaftliche sowie belletristische Texte und tritt als Musikerin der russisch-bulgarisch-deutschen Band Shuriaki auf. 2020 erschien ihr Buch *In dunkler Stunde. Sachsen-Krimis* (Treibgut Verlag). *Nicht bevor du tot bist* ist ihr erster Krimi-Roman bei Bild und Heimat.

Ulrike Quast

Nicht bevor du tot bist

Ein Dresden-Krimi

Bild und Heimat

ISBN 978-3-95958-353-4

1. Auflage

Umschlaggestaltung: fuxbux, Berlin
Umschlagabbildung: iStock.com / Vladimir Vins
Druck und Bindung: Graspo CZ

Ein Verlagsverzeichnis schicken wir Ihnen gern:
BEBUG mbH / Verlag Bild und Heimat
Axel-Springer-Straße 52
10969 Berlin
Tel. 030 / 206 109 – 0

www.bild-und-heimat.de

1

Kriminalhauptkommissarin Barbara Eichner hatte sich auf einen ruhigen freien Tag gefreut und war in aller Frühe durch die Dresdner Innere Neustadt zum Elbufer geschlendert. Die Morgensonne strahlte auf das Kopfsteinpflaster und ließ den Goldenen Reiter – ein barockes Denkmal von August dem Starken – noch goldener erscheinen. Die Luft war stickig und warm. Sie hatte sich in der vergangenen Nacht kaum abgekühlt.

An diesem frühen Sommertag waren auf der Hauptstraße keine Menschen unterwegs, nur ein Betrunkener lag schlafend auf einer Parkbank. Von den Platanen, die den Boulevard säumten, krächzten ein paar Krähen. Hier und da stieg der Polizeibeamtin ein unangenehmer Geruch nach Hundekot in die Nase, da, wo die Stadtreiniger eine Stunde zuvor die Gehwege abgespritzt hatten.

Im Park des Japanischen Palais beobachtete die Kommissarin die Yoga-Treibenden, die mit großer Eleganz ihre Übungen absolvierten. Wie üblich begann mit ihnen das Tagesprogramm des Palais Sommer Festivals. Beinahe wehmütig betrachtete Barbara Eichner die jungen Yogis und Yoginis, die sich geschmeidig wie Katzen bewegten. Wie asketisch sie wirkten, fast entrückt.

Versonnen spazierte sie zu der Stelle, von der aus Canaletto einst das Stadtpanorama gezeichnet hatte. Jetzt stand da ein leerer Rahmen, durch den die Kommissarin eine Weile lang den Blick Canalettos nachvollzog: die Aussicht über die Elbe mit Augustusbrücke, Hofkirche, Residenzschloss und Frauenkirche – dem berühmten Wahrzeichen der Stadt.

Ihr Blick verharrte auf dem mächtigen Sakralbau, dessen Sandsteinfassade honigfarben im Sonnenschein leuchtete. Ehrwürdig ragte das über neunzig Meter hohe Bauwerk in den glasklaren Morgenhimmel. Schon einmal hatte es hier eine Kirche gegeben, bevor sie dem Bombenhagel der Engländer und Amerikaner am Ende des Zweiten Weltkriegs zum Opfer gefallen war.

Nie wird Kommissarin Eichner den Tag vergessen, an dem sie als junges Mädchen vor der Ruine gestanden und sich der Anblick rußgeschwärzter Fassadenreste und kaputter Steine in ihr Gedächtnis eingebrannt hatte. Die Eltern hatten ihr erzählt, ihre Großtanten seien bei dem Bombeninferno ums Leben gekommen. Eng umschlungen seien sie unter den Trümmern ihres Wohnhauses begraben worden.

Barbara Eichner hatte noch oft das Mahnmal aufgesucht, wie einen Wallfahrtsort, an dem Erinnerung die Hoffnung nährt: Nie wieder! – Bei der Wiedereinweihung der Kirche im Jahr 2005 war sie unter den sechzigtausend Zuschauern, die sich auf dem Neumarkt versammelt hatten. Nach elf Jahren des Aufbaus war die Frauenkirche wieder in all ihrer Pracht erstrahlt. Einzig die dunklen Steine im gelbbraunen Gemäuer mahnten wie Brandmale an die Gewalt der Vergangenheit …

Erfüllt von ihren Erinnerungen ließ die Kriminalhauptkommissarin noch einmal den Blick über die Dresdner Skyline schweifen. Als die Glocken der Dreikönigskirche die zehnte Stunde einläuteten, kehrte sie in ihre Wohnung im oberen Stockwerk eines Hochhauses in der Sarrasanistraße zurück. Sie kippte im Wohnzimmer die Fenster an und stellte die Lamellen der Jalousien quer.

Sie fühlte sich wohl in diesem Haus, und sie fühlte sich wohl in dieser Stadt. Hier hatte sie in den Sechzigern und Siebzigern ihre Kindheit und Jugend verbracht, und hierhin war sie nach dem Studium zurückgekehrt. Sie hatte als Kind in den verwahrlosten Hinterhöfen der Neustadt gespielt und im Geschichtsunterricht die Altstadt durchstreift, um in das Fluidum der rekonstruierten historischen Bauten einzutauchen. Sie war mit den Eltern an die Ränder der Stadt geradelt, wo Großwohnsiedlungen wie Pilze aus der brachliegenden Erde schossen. In Dresden hatte Barbara Eichner Freundschaften geschlossen und ihre Jugendliebe kennengelernt.

Dresden war »ihre« Stadt, eine Stadt mit einer bewegenden Geschichte, der sie immer aufs Neue nachspüren konnte. Die Stadt war auch voller Gegensätze, die die Kommissarin faszinierten. Hier existierten barocke Pracht und Sozialistischer Klasszismus nebeneinander. Es gab verschlafene Quartiere und quirlige Oasen, großstädtisches Kolorit und ländliches Flair. Barbara Eichner nahm Dresden wie ein buntes, vielgestaltiges Patchwork wahr.

Über all das dachte sie nach, umgeben von diesem Halblicht, Halbdunkel – einem Dämmerlicht, in dem die Konturen zerflossen und die Farben verblassten, was ihr das Gefühl von Distanz zu den Dingen und Ereignissen gab, das Empfinden, ganz bei sich zu sein, ohne sich zu verlieren. Hier konnte sie loslassen, sich vom Alltag befreien. Hier zählte niemand und nichts, nur sie selbst.

An manchen freien Tagen verbrachte sie Stunden in ihrer Relaxliege, lesend, schlafend, Radio hörend oder einfach vor sich hin träumend. An anderen Tagen stand sie auf dem Balkon und beobachtete lange den vorüberziehenden Verkehr.

Von hier oben wirkten das urbane Leben und das Dasein an sich überschaubar und geordnet. Wie von unsichtbarer Hand gelenkt, schienen die Dinge und Ereignisse einem strengen Rhythmus zu folgen, einer Struktur, die für Barbara Eichner so wesentlich war. Aus der Vogelperspektive erschienen die täglichen Probleme klein und bedeutungslos, und es kam der Kommissarin so vor, als zöge die Erde gemächlicher ihre Bahn.

»Man kann doch nicht sein ganzes Leben verschlafen«, wunderte sich ein älterer Kollege einmal, als Barbara Eichner ihm gestand, dass sie die Wochenenden am liebsten allein verbrachte. »Sie sind noch viel zu jung, um zu versauern. Geh'n Sie mal aus, oder suchen Sie sich einen Freund«, lautete sein väterlicher Rat.

Jung? Mit ihren vierundfünfzig Jahren hatte die Kriminalhauptkommissarin den Zenit bei weitem überschritten. Im Grunde kam sie mit ihrem Leben ganz gut zurecht. Und an eine Beziehung glaubte sie ohnehin nicht mehr.

Früher, ja früher, kurz vor der Wende, als sie Philosophie an der Leipziger Universität studiert hatte, da waren sie um die Häuser gezogen. Sie hatten die Nächte zum Tag gemacht: abends Disco, mit Knutschen auf der Tanzfläche. Die Mädchen veranstalteten einen Wettbewerb, wer die meisten Typen abbekam. Nachts wurde im Studentenwohnheim beim gemeinsamen Spaghetti-Kochen stundenlang über ein freies, demokratisches Land diskutiert.

Sie hatten Genehmigungen gefälscht, um an die im »Giftschrank« der Leipziger Deutschen Bücherei verwahrte Literatur zu gelangen, von Autoren, deren Werke in der DDR verboten waren: Nietzsche, Solschenizyn, Havemann, Bahro. An die schon jahrelang abgehaltenen Friedensgebete in der Nikolaikirche schlossen sich nach den Massenausreisen im Sommer 1989 die Montagsdemos an. Sie hatten aus Bettlaken Spruchbänder gefertigt: »Reisefreiheit statt Massenflucht«, »Demokratischer Sozialismus«.

Als das Telefon klingelte, wurde die Kommissarin jäh aus ihren Träumen gerissen. Ein Polizist war am Apparat. Das verhieß an einem Sonntag nichts Gutes. Sie solle zur Hofewiese kommen. Von dort würde sie ein Kollege zum Fundort einer Leiche führen. Ein junges Paar habe den Toten zufällig während eines Radausflugs entdeckt und die Bereitschaftspolizei informiert. Die Spurensicherung und der Rechtsmediziner seien bereits vor Ort. Auch ihr Assistent erkunde schon eine Weile lang eilfertig das umgebende Gelände.

Es half nichts, sie musste ihr Nest verlassen. An solchen Tagen verfluchte sie ihren Job. Aber Dienst war nun einmal Dienst.

Als sie damals nach der Wende ein Kriminalistik-Studium aufnahm, hatte sie sich geschworen, das Böse unerbittlich zu bekämpfen, für Gerechtigkeit und Fairplay einzutreten. – Bessere Menschen bringen ein besseres System hervor. Barbara Eichner hatte sich vorgenommen, alles für ihr Ideal zu tun. Und nun klebte dieser Schwur an ihr. Also stürmte sie in Windeseile zu ihrem Dienstwagen, der in einer Seitenstraße parkte. Ihre Fahrt zur Hofewiese dauerte keine zwanzig Minuten.

*

Als die Beamtin am Tatort eintrifft, ist das Gelände bereits abgeriegelt. Die weiß gekleideten Leute von der SpuSi sind dabei, den Tatort und dessen Umkreis nach Spuren und Beweismitteln abzusuchen. Es ist drückend heiß. Barbara Eichner steht der Schweiß auf der Stirn. Sich mit der Hand Luft zufächelnd, geht sie auf Roland Knauf, einen der Spurensicherer, zu.

Knauf überprüft gerade die Aufnahmen vom Tatort und von dem Toten, die er mit dem 3-D-Laser-Scanner gemacht hat. Er wischt mit seinen fleischigen Fingern über den Bildschirm des Tablets, als ihn Kommissarin Eichner nach der Leiche fragt.

Knauf schielt die Beamtin durch seine dicken Brillengläser an: »Wenn Sie den Nackschen sähn wollen, hätten Se früher offstehen müssen. Der is weg. Die Staatsanwältin hat ihn vor 'ner halben Stunde beschlagnahmt. Jetzt ist der arme Hund schon aufm Wäg zur Rechtsmedizin.« Knauf macht eine Handbewegung, als wollte er sich bekreuzigen.

Barbara Eichner sieht den Spurensicherer ungerührt an: »Wo wurde der Mann denn gefunden?«

»Dort.« Knauf deutet auf die Stelle am Waldrand: »Sah ziemlich fertig aus, der alte Knabe.«

»Kann ich mal sehen?«, fragt sie und weist auf das Tablet in Knaufs Hand.

»Aber klar doch. Zu Ihren Diensten, Frau Kommissar.«

Auf Barbara Eichners Stirn erscheint eine steile Falte. »Kriminalhauptkommissarin, wenn schon …«, zischt sie.

»Bitte demütisch um Entschuldigung«, entgegnet Knauf unbeirrt und übergibt ihr das Tablet. Sie schaut sich die Fotos schweigend an. Als die Leiche auf dem Bildschirm zu sehen ist, schluckt sie mehrmals. Sie glaubt, den unangenehm süßlichen Geruch, der Toten eigen ist, plötzlich in der Nase zu haben. Eine leichte Blässe breitet sich auf ihrem Gesicht aus.

Wenn sie ehrlich ist, hat der Tod etwas Unheimliches für sie, etwas ungreifbar Unbegreifliches. Aber muss eine gute Kommissarin stets über den Dingen stehen und abgeklärt sein?

Schon während des Studiums hat sie viel über den Tod nachgedacht. Sie hat die großen Denker befragt: Sokrates, Platon, Hannah Arendt. Eine Passage sei der Tod, in der die Ideen herrschen, in der die Seele Ruhe findet, eine Zäsur, die das Leben begrenzt. Sind wir wirklich nur »Staub im Wind«, wie es im Lied von Kansas heißt?

»Nichts für zarte Seelen, was?« Rechtsmediziner Karsten Pollack, der auf die beiden zugekommen ist, setzt eine halb spöttische, halb mitleidige Miene auf. »Ach, Frau Eichner. Jetzt treffen wir uns in den acht Wochen, in denen ich hier arbeite, das … dritte Mal? Und immer habe ich das Gefühl, dass Sie an etwas schwer zu knabbern haben. Vielleicht hilft das?«

Er nimmt eine Packung Kaugummi aus dem Kittel und hält sie der Kommissarin hin. Sie lehnt dankend ab. Als Pollack auch dem Spurensicherer einen Kaugummi anbietet, wendet der sich brüsk ab und geht – undeutlich vor sich hin fluchend – in Richtung Hofewiese davon.

»Was war das denn?«, fragt die Kommissarin. Kopfschüttelnd blickt sie Knauf nach.

Karsten Pollack zuckt mit den Achseln: »Keine Ahnung. Wessi-Unverträglichkeit? Das soll vorkommen.« Er deutet auf das Tablet. »Darf ich mal sehen?«

Die Beamtin zeigt ihm das Foto des Opfers und verzieht das Gesicht. »Jetzt mache ich den Job doch schon ein paar Jahre. Die Aufnahmen wirken so real.«

»Ich kann Ihnen da nur eins empfehlen: Legen Sie sich ein dickes Fell zu. Nehmen Sie doch meins.« Karsten Pollack macht eine Geste, als wollte er sich eines Kleidungsstücks entledigen.

Ein Lächeln huscht über das Gesicht der Kommissarin.

»Na bitte. So gefallen Sie mir schon besser – also noch besser«, fügt Pollack mit einem charmanten Seitenblick hinzu. Kurz hält er inne: »War das jetzt ein sexueller Übergriff? Man weiß ja nie heutzutage.«

»Ach, ich wüsste mich schon zu wehren.«

Der Kommissarin kommt die Me-too-Debatte in den Sinn. Sie verurteilt sexualisierten Machtmissbrauch. Während ihrer Studienzeit hat sie ihn selbst erfahren müssen, als ein Professor zudringlich wurde. Da Worte nichts nützten, hat sie sich nicht anders zu helfen gewusst, als den Mann mit einem Judogriff in die Schranken zu weisen. Frau muss in der Lage sein, Grenzen zu ziehen, sich gegen Zudringlichkeiten zu verteidigen. Vom weiblichen Opferstatus, vom schwachen Geschlecht, das beschützt werden muss, hält Barbara Eichner nichts. Sie ist autonom, sie geht selbstbestimmt durchs Leben. Und wenn sie Lust darauf hat, genießt sie es, angeflirtet oder verführt zu werden. Da stimmt sie vollkommen mit den französischen Feministinnen überein.

»Nein, alles gut. Ein wenig Galanterie hat noch keinem geschadet.«

»Na, Gott sei Dank«, seufzt Karsten Pollack erleichtert und schiebt sich einen Kaugummi in den Mund. »Nehmen Sie mich nachher mit in die Stadt? Hier kann ich momentan nicht mehr allzu viel ausrichten. Aber ich will Ihnen unbedingt etwas zeigen.«

Barbara Eichner nickt: »Wir treffen uns vor der Hofewiese. Mein Auto steht am Straßenrand. Es dauert allerdings noch eine

Weile.« Sie wendet sich an den Kriminalassistenten, der ächzend und in Schweiß gebadet vorübereilt: »Herr Librach, ich brauche ein paar Infos von Ihnen. Allgemeine Sachlage, Adressen der Zeugen, Spuren … Na, Sie wissen schon. Mailen Sie mir alles. Und bitte möglichst heute noch.«

Die Kriminalhauptkommissarin wirft einen Blick über das Gelände, und ihre Gedanken wandern nochmals zurück in die Vergangenheit, als die Eltern ihr zum Geburtstag – es war der achte oder neunte – eine Kutschfahrt zur Hofewiese geschenkt haben. Es war einer ihrer schönsten Geburtstage. Während der ganzen Fahrt durfte sie auf dem Kutschbock sitzen. Nach der Tour gab es Bockwurst und Himbeerbrause im Garten des Landguts.

Schon damals war die Hofewiese ein idyllischer Ort inmitten alter Baumbestände. An einen Bauernhof grenzend, lockte der Landsitz besonders an den Wochenenden Ausflügler aus Dresden und Umgebung an. Die hübschen Holzpferde, die heute den Garten schmücken, gab es damals leider noch nicht. Dafür aber war die Gaststätte noch nicht derart dem Verfall ausgesetzt wie jetzt.

Wie viele Besitzer sind wohl an den Sanierungsversuchen des Gasthauses gescheitert, bis es die Stadt Dresden 2013 zwangsräumen ließ? Zum Glück sorgt der heutige Eigentümer – der FDP-Politiker Holger Zastrow – dafür, dass der historische Landgasthof saniert und die Hofewiese nach und nach wieder belebt wird.

Und nun soll in der Nähe ein Mord passiert sein? Kaum vorstellbar …

Barbara Eichner schiebt die Erinnerungen beiseite und schaut sich gründlich am Tatort um.

2

Karsten Pollack ist ein Stück durch die Heide gegangen. Nun steht er vor dem Reiterhof, der an die Hofewiese grenzt. Er schaut einem Fohlen zu, das auf wackeligen Beinen seine Mutter umkreist. Ab und zu kippt es um und richtet sich mühsam wieder auf. Jetzt tastet es mit dem Maul den Bauch der Stute ab, bis es die Zitzen findet und trinkt.

Der Medizinprofessor muss an seine Tochter Mira denken. Als sie vier Jahre alt war, hat er einmal mit ihr eine Pferdekoppel besucht. Danach träumte Mira von einem eigenen Pferd. Der Medizinprofessor konnte den bittenden Augen seines kleinen Sonnenscheins nicht lange widerstehen. So stand eines Tages ein Pony wiehernd im Garten hinter dem Haus. Seine Ex ertrug den angeblich widerlichen Gestank des Tieres nicht. Also musste sich seine Tochter schweren Herzens von dem Pony trennen. Es kam in eine Reitschule, und sie übernahm die Patenschaft für das Tier.

Was Mira wohl gerade macht? Ob es ihr gutgeht? Seit seinem Umzug nach Dresden hat er nichts mehr von ihr gehört. Als er sie an ihrem zehnten Geburtstag anrufen wollte, ging wie immer die Mailbox an. Vielleicht hätte er doch in Hamburg bleiben sollen? Er denkt an sein Sülldorfer Wohnviertel am Rande der Hansestadt. Fachwerkhäuser, Bauernhöfe, der alte Schulteich und die von Bächen durchzogene Feldmark, die sich bis zum Horizont erstreckt …

Am Ende wollte der Professor nur noch weg – weit weg, um noch einmal ganz von vorn zu beginnen. Es gab genügend Gründe dafür. In den letzten Monaten kam er sich vor wie Don Quijote, der gegen Windmühlen kämpft: Trennung, Sorgerechtsstreit, spießige Kollegen, für die er stets ein Außenseiter war.

Karsten Pollack wischt sich mit der Hand über die Augen.

»Heiß heute, oder?«

Er hat nicht bemerkt, dass Barbara Eichner schon einige Sekunden lang hinter ihm steht.

»Ja, eine Affenhitze heute.« Der Medizinprofessor pustet sich die Haare aus der Stirn.

Barbara Eichner mustert ihn. Ein wenig erinnert er sie an den Schauspieler Omar Sharif, der ihr in *Grünes Eis* das erste Mal im DDR-Fernsehen begegnet war. Als *Doktor Schiwago* hat er dann einen bleibenden Eindruck bei ihr hinterlassen. Schwarze Augen – die Farbe des Bösen, kommt es ihr in den Sinn. Auf jeden Fall hat der neue Kollege etwas Geheimnisvolles, das ihn interessant erscheinen, aber auch seltsam schillern lässt.

Pollack ist ihr Blick nicht entgangen. Er setzt eine faunische Miene auf: »Darf ich bitten, schöne Frau? Oh Mann, *I'm awfully sorry*«, sagt er im reinsten Englisch und gibt sich mit strafendem Gesichtsausdruck einen leichten Klaps auf den Hinterkopf.

Die Beamtin reagiert nicht und geht zum Auto. Als sie sich umdreht, steht der Rechtsmediziner noch immer auf derselben Stelle und rührt sich nicht.

»Nun kommen Sie schon!«, ruft sie ihm leicht gereizt zu.

Pollack murmelt schelmisch »Aye, aye, Sir, äh, Madam« vor sich hin und folgt der Kriminalhauptkommissarin. »Soll ich fahren?«, bietet er ihr an.

Barbara Eichner schüttelt den Kopf und öffnet die Fahrertür: »Besser nicht. Sind Sie nicht berühmt-berüchtigt wegen Ihres Fahrstils? Hat zumindest ein Kollege erzählt.« Sie steigt ein und setzt sich ans Steuer.

»Was Sie nicht alles wissen.« Karsten Pollack bleibt nichts anderes übrig, als auf dem Beifahrersitz Platz zu nehmen. Tatsächlich hat ihm seine »spezielle Fahrakrobatik«, wie er sie nennt, schon so manches Knöllchen eingebracht. Aber was soll's? Wie heißt es so schön? *Flirt with danger.* Er liebt nun mal das Risiko.

»Ab und zu die Regeln zu brechen, kann sehr befreiend sein. Schon mal mit hundertachtzig Sachen durch die Stadt gefahren?«

»Sie sind wahnsinnig.«

»Kann schon sein. Lieber wahnsinnig, anstatt als lebendes Fossil zu versauern. Ich kann Sie gerne mal am Wahnsinn teilhaben lassen«, setzt er mit sonorer Stimme hinzu. »Ein Adrenalinschub, verordnet von mir. Ich verspreche Ihnen, Sie werden süchtig danach werden.«

»Kein Bedarf«, murmelt Barbara Eichner.

»Selber schuld. Im Übrigen steht der Wagen meist in der Garage. Ich fahre nämlich größtenteils Fahrrad. – Haben Sie Kinder?«, fragt er unvermittelt.

»Nein, danke. Ich meine, ich wollte keine.« Sie blickt starr durch die Windschutzscheibe. Plötzlich rennt ein Junge über die Straße. Er zerrt einen Hund hinter sich her. Auf dem Gehweg steht der Vater und fuchtelt, seinem Sohn etwas zubrüllend, mit den Armen. Kommissarin Eichner tritt auf die Bremse, dass es quietscht.

Der Professor hält sich die Ohren zu. »Starke Reaktion«, meint er anerkennend.

Er betrachtet seine Kollegin aus dem Augenwinkel heraus: kurzes kastanienbraunes Haar, eine gerade, stolze Nase. Die Lippen sind etwas zu schmal für Pollacks Geschmack. Was sofort die Blicke auf sich zieht, sind die eigentümlichen, fast mandelförmigen Augen. Und die mädchenhafte Gestalt von Barbara Eichner strahlt etwas Zartes, Zerbrechliches aus. Frauen dieses Typs wecken bei Karsten Pollack immer wieder den Beschützerinstinkt. Vielleicht ist die Kriminalhauptkommissarin etwas zu verschlossen, manchmal nahezu abweisend, als ob sie eine Mauer um sich aufgebaut hat. Mauern sind dazu da, eingerissen zu werden. Einen Versuch wäre es wert.

Inzwischen haben sie die Radeberger Vorstadt mit ihren Villen erreicht. Sie lassen die Fischhausstraße hinter sich und fahren weiter auf der B 6. Als sie die Gedenkstätte Bautzner Straße passieren, fährt Barbara Eichner langsamer und zeigt auf den Gebäudekomplex.

»Sehen Sie, der ehemalige Sitz der Stasi. Damals Bezirksverwaltung, Untersuchungshaftanstalt und Gefängnis. Es ist übrigens alles originalgetreu erhalten. Waren Sie schon mal drin?«

»Meinen Sie vor oder nach der Wende?«, scherzt Karsten Pollack. »Ja, klar habe ich mir das angesehen. Ich muss doch wissen, wo man mich hingesteckt hätte, wenn ich im Osten aufgewachsen wäre.«

»Sie hätten also zu den Aufmüpfigen gehört?«

»Na unbedingt! Der Protest gegen die Apparatschiks wurde mir quasi in die Wiege gelegt. Meine letzte Aktion galt übrigens dem Hamburger Baudezernat.« Der Medizinprofessor berichtet, er habe in einem Gutachten Luxussanierungen eines Straßenzugs abgelehnt, weil plötzlich Dutzende Mieter stressbedingt erkrankt seien. »Ein Kollege von der Ärztekammer hat mich dann vor der Presse als ›ewig Gestrigen‹ und ›medizinischen Fanatiker‹ beschimpft.«

Die Kommissarin wirft einen kurzen Seitenblick auf den Kollegen: »Aha, so einer sind Sie also. Wir haben übrigens auch gekämpft und gestritten, lange Zeit aber hauptsächlich hinter verschlossenen Türen.«

Sie erzählt von der verbotenen »grauen« Literatur, die heimlich in sogenannten Samisdat, in Selbstverlagen, veröffentlicht wurde. »Die Idee kam damals aus der Sowjetunion und wurde im ganzen Ostblock umgesetzt. Wir haben Dokumente mit der Hand oder der Schreibmaschine abgeschrieben und unter uns Studenten weitergereicht. Übrigens war ich vor der Wende sogar Mitglied einer Oppositionsgruppe.«

»Wow! Da soll noch mal einer behaupten, im Osten habe es nur obrigkeitshörige Duckmäuser gegeben.«

»Eben. Wie heißt's ab und an in der Presse? Totalitäre Systeme brächten autoritätshörige Persönlichkeiten hervor. Mich ärgert das. Wissen Sie, dass das wissenschaftlich überhaupt nicht erwiesen ist? Vielmehr ...«

»Oh, Vorsicht, Frau Eichner!«, fällt Karsten Pollack ihr ins Wort und deutet auf einen Radfahrer, der zu weit in der Mitte fährt.

Wieder bremst sie scharf. Dann wendet sie sich erneut dem Kollegen zu. »Apropos ›totalitär‹: Wir waren soeben ganz in der Nähe von Putins ehemaliger Arbeitsstelle. Die KGB-Villa Angelikastraße 4. Er soll ja den Dresdnern, die 1989 die KGB-Villa stürmen wollten, erklärt haben, dass es sich um russisches Territorium handle. Als dann ein Soldat seine Kalaschnikow durchlud, zogen die Leute ab.«

Sie haben mittlerweile die Waldschlösschenbrücke überquert, deren Bau Dresden den Titel »Weltkulturerbe« gekostet hat, und fahren die Fetscherstraße entlang. An der Universitätsklinik parken sie den Wagen und gehen zu Fuß bis zum Haus Nummer 13. »Institut für Rechtsmedizin« steht auf einem Schild am Eingang des wilhelminischen Baus.

Eine Gruppe Studierende, die an einem Wochenendseminar teilgenommen haben, kommt ihnen entgegen. Grüßend gehen sie am Professor und der Kommissarin vorbei.

»Na, wie viele Leichen habt ihr heute zerstückelt?«, fragt Pollack augenzwinkernd.

Die jungen Leute lachen. »Nur eine. Heut Abend gibt's Hackfleisch!«, ruft ein Student dem Medizinprofessor hinterher. Die Mädchen kreischen.

»Makaber«, murmelt Barbara Eichner und schüttelt den Kopf.

Die beiden steigen die Stufen hinab, die in den Sektionssaal führen. Dort angekommen, zieht der Rechtsmediziner ein Schlüsselbund aus der Tasche und öffnet die schwere Tür.

Sie durchqueren einen lichtdurchfluteten Raum, in dem sich fünf Obduktionstische befinden. Alles ist blitzblank und sauber. Pollack sucht einen bestimmten Schlüssel an seinem Bund und öffnet die nächste Tür. Sie führt in die Kühlkammer. Etwa fünfzehn Grad minus schlagen ihnen entgegen. Der Raum ist weiß gefliest. An der Wand steht ein vieretagiges stählernes Regalsystem. Ein Mitarbeiter hat es einmal mit einem Knochengerüst verglichen. Seither wird es – warum auch immer – vom Personal zuweilen liebevoll »das Rippchen« genannt.

»Angenehm kühl hier, oder?« Der Professor holt einen Hubwagen aus der Ecke. Er schiebt ihn in das Lagerungssystem und zieht einen der Plastikbehälter daraus hervor. Er öffnet den Behälter und weist auf die darin befindliche Leiche. »Darf ich vorstellen? Stefan Baumann, unser Toter. Demnächst werden ihm alle Organe entnommen und ... Na, geht's?«, fragt er die Kollegin, die blass neben ihm steht.

»Machen Sie sich mal keine Sorgen um mich. Die Kälte ...« Sie räuspert sich. Das flaue Gefühl in der Magengegend ist wieder da.

»Schon gut.« Der Mediziner lächelt die Kommissarin mitfühlend an und sagt dann: »Der Todeszeitpunkt war übrigens Pi mal Daumen ein, zwei Stunden vor Mitternacht. Genaueres kann ich Ihnen aber erst dann sagen, wenn wir die Ergebnisse der genauen thermodynamischen Berechnungen haben. – So, ich wollte Ihnen doch was zeigen.« Er zieht die Augenlider des Toten hoch. »Hier, sehen Sie mal: Einblutungen unter der Bindehaut. Und da: Kratzer und Hämatome am Hals. Das Opfer wurde offenkundig erwürgt.« Pollack weist auf die Streifen an Hand- und Fußgelenken: »Hier haben wir Faserspuren gefunden. Sie werden gerade analysiert. Wahrscheinlich stammen sie von einem dünnen Seil.«

Die Kriminalhauptkommissarin schweigt. Sie schluckt.

»Ich glaube, wir haben genug gesehen.« Karsten Pollack berührt die Kollegin leicht am Oberarm: »Geh'n wir doch in mein Büro.«

Im zweiten Stock angekommen, öffnet der Professor die Tür zu seinem unaufgeräumten Büro und bedeutet der Kollegin, im Besuchersessel Platz zu nehmen. Barbara Eichner sinkt erschöpft auf den Sitz. Ein schwaches Lächeln breitet sich in ihrem Gesicht aus. Für die Unordnung im Raum, die sie sonst gestört hätte, hat sie heute keinen Blick.

»Das sind vielleicht Wechselbäder am laufenden Band. Gut für den Kreislauf. Heiß, kalt, heiß.« Pollack rinnt eine Schweißperle über die Stirn. Er öffnet das Fenster. »Wenn das mal die Gefühle nicht durcheinanderbringt.«

Von einem Laubbaum vor dem Fenster dringt das Krakeelen eines Spatzenschwarms ins Zimmer. Pollack schaut Barbara Eichner kurz an. Der Krach scheint sie zu stören, weshalb er das Fenster wieder schließt.

»Möchten Sie Kaffee oder vielleicht einen Schnaps?«, fragt er. »Bestenfalls kann ich Ihnen auch beides servieren.«

Er deutet zuerst auf eine metallene Thermoskanne. Dann öffnet er die untere Schublade seines Schreibtisches und holt eine halbvolle Flasche Scotch Whisky hervor. »Ein Gesöff vom Feinsten. Das kann ich Ihnen nur empfehlen. Vom Mediziner persönlich getestet.«

Als die Kommissarin ablehnt, bietet Pollack ihr Kamillentee an. Er verzieht leicht das Gesicht, als er den dampfenden Tee aus einer zweiten Thermoskanne in ein Glas füllt. »Das wäre nichts für meinen Gourmet-Gaumen. Obwohl Kamille gut für den Magen sein soll, sagt meine Ex. Zucker?«

Barbara Eichner schüttelt den Kopf. Er reicht ihr das Glas und gießt sich selbst einen Kaffee ein, den er mit einem kräftigen Schuss Whisky versetzt. Genussvoll nimmt er den ersten Schluck.

»Tja, was haben wir bisher?«, fragt er die Kommissarin und resümiert: »Ein Toter im Gebüsch nahe der Hofewiese, höchstwahrscheinlich gefesselt und dann erwürgt. Er war übrigens nackt, als das junge Paar ihn entdeckt hat.«

Barbara Eichner nickt: »Ich hab's auf dem Foto gesehen. Er hatte eine Puppe im Schoß. Die Haare der Puppe waren herausgerissen. Ziemlich bizarr das Ganze.«

»Wer weiß.« Pollack dreht eine Hand hin und her. »Voodoo-Zauber?«

»Na, Herr Doktor, jetzt übertreiben Sie aber maßlos.« Barbara Eichner blickt den Kollegen belustigt an.

Unbeirrt fährt Karsten Pollack fort: »Es gibt in diesen Breitengraden nichts, was es nicht gibt. Übrigens hat man am Hals des Toten Fingerabdrücke und Hautzellen gefunden, die mit Sicherheit vom Täter stammen. Mal sehen, was die DNA-Analyse ergibt. Ja, und noch was. Das wissen Sie sicher noch nicht.« Der Mediziner sieht Barbara Eichner bedeutungsvoll an. »Die beiden jungen Leute, die Zeugen, haben einem Kollegen von einem Jogger berichtet, der ihnen aus dem Wald entgegenkam.«

Sie hört nur halb hin. Ein Gedanke schießt ihr durch den Kopf, der einen ehemaligen Fall betrifft.

»Ist was?«, fragt der Professor neugierig.

Die Kommissarin schüttelt den Kopf. Sie muss ja diesem Pollack nicht alles auf die Nase binden.

Grübelnd legt sie die Stirn in Falten und sagt mehr zu sich selbst: »Ein Jogger, aha. Wir müssen den Mann unbedingt ausfindig machen.«

Dann wendet sie sich ihrem Kollegen zu: »Was wir jetzt vor allem brauchen, ist eine detaillierte Aussage der beiden Zeugen. Und der Kriminaltechniker muss unbedingt mit ihnen ein Phantombild des Joggers anfertigen. Am besten, ich bestelle das junge Paar gleich morgen ins Kommissariat.«

3

Franziska steckt noch immer der Schreck in den Gliedern. Unausgeschlafen und außerstande, sich zu konzentrieren, sitzt sie neben ihrem Freund Frank in der Psychoanalyse-Vorlesung. Normalerweise hätte sie an den Lippen der Professorin gehangen, doch heute dringt die Stimme der Vortragenden nur bruchstückartig an ihr Ohr. Ständig tauchen die Bilder von gestern auf und schieben sich in den Vordergrund, sodass die Psychologie-Studentin die Vorlesung wie ein nebulöses Geschehen wahrnimmt, das an ihr vorüberzieht.

Als das laute Heulen einer Sirene sie gestern Morgen geweckt hatte, war Franziska augenblicklich hellwach. Das Herz schlug ihr bis zum Hals, der Puls raste. Ein fast schmerzhaftes Kribbeln wie von Hunderten Insekten durchzog ihre Glieder. Franziska war schweißgebadet.

Etwas kam ihr in den Sinn, etwas Unheilvolles, Bedrohliches. Ging es um Unrecht? Gewalt? Ein Verbrechen? Wenn sie nur gewusst hätte, was es war. Vielleicht wäre es ihr gelungen, die Gefahr zu bannen, das Unglück abzuwenden. Aber eine innere Stimme sagte ihr, dass es bereits zu spät sein könnte.

Ihre Vorahnungen hatten Franziska bisher nur selten getäuscht. Schon als Kind war sie dafür sensibilisiert. »Meine kluge Puppa«, nannte sie ihre Mutter manchmal liebevoll. Woher dieses Gespür für Unvorhersehbares kam, hatte sich die Mutter nicht erklären können. »Von mir hat sie das jedenfalls nicht«, beteuerte sie stets.

Eines Nachts war die sechsjährige Franziska in das elterliche Schlafzimmer gestürzt und behauptete steif und fest, ihr Onkel Frieder sei wie ein Vogel geflogen und habe sich die Flügel verletzt. Am nächsten Tag rief die Tante weinend an, Frieder sei in der Nacht betrunken die Treppe herabgestürzt und habe sich zwei Rippen gebrochen.

Ein anderes Mal – Franziska war etwa zehn – hielt sie plötzlich mitten in den Schulaufgaben inne und brach in Tränen aus: »Großmutter ist tot.«

»Was ist denn in dich gefahren?«, schimpfte die Mutter.

Sie ging dann aber doch ins Untergeschoss. Dort saß die Großmutter in ihrem alten, wackeligen Lehnstuhl und rührte sich nicht. Mit einem leisen Lächeln auf dem Mund war sie für immer eingeschlafen.

Ach, Großmutter konnte so schöne Geschichten erzählen. Und sie hatte eine wunderbare Menschenkenntnis. Ob sie Frank wohl gemocht hätte?

Franziska hatte ihn letztes Jahr auf einer Studentenfeier kennengelernt. Für Frank war es Liebe auf den ersten Blick. Sie brauchte länger, bis sie »seinen Avancen einfach nicht mehr widerstehen konnte«, wie sie zuweilen scherzhaft sagt.

Seitdem verbringen die beiden ein bis zwei Abende in der Woche und die Wochenenden miteinander. Meistens übernachtet Frank bei ihr. In Franziskas Einraumwohnung in der Alfred-Schrapel-Straße 4 sind die beiden ungestörter als in Franks WG.

Gestern Morgen beobachtete Franziska ihren Freund eine ganze Weile lang, wie er ruhig neben ihr schlief. Fast unbeweglich lag er da, nur die Bettdecke hob und senkte sich kaum merklich. Ihr Blick war an den weichen Konturen seines Gesichts hängen geblieben. Im Grunde fand sie markante Gesichtszüge wesentlich attraktiver, geradezu sexy.

»Ein bisschen mehr Sport täte ihm ganz gut«, stichelte ein Kommilitone hin und wieder. »Und statt mit dem Leihwagen durch fremde Länder zu zuckeln, sollte er vielleicht besser wandern. So langsam setzt er Bauchspeck an.«

Und wenn schon. Franziska mag Frank so, wie er ist, in seiner gleichmütigen Art, seiner Beständigkeit. Es ist gut, wenn man sich auf einen Freund verlassen kann. So kitschig es auch klingen mag, aber Frank ist gewissermaßen der Anker ihrer Seele. Ihre Großmutter hätte wahrscheinlich gesagt, er sei ein guter Kamerad. Wenn Franziska jedoch ehrlich ist, wünscht sie sich Frank hin und wieder ein bisschen spontaner und weniger berechenbar. Obwohl er fast zwei Jahre jünger als sie ist, wirkt er zuweilen viel älter. Aber können wir etwas dafür, dass wir so sind, wie wir sind?

Franziska wollte Frank gestern Morgen nicht wecken. Als sie dann aus dem Bett sprang, erwachte er plötzlich. »Schon spät?«, fragte er verschlafen.

»Fast zehn, du Murmeltier.«

Sie öffnete das Fenster. Draußen zeterte ein Vogel. Wahrscheinlich schlich eine Katze durch das Gelände. Von irgendwoher tönte eine aufgeregte Frauenstimme. Die Sirene war nicht mehr zu hören.

Franziska machte ein paar hastige Kniebeugen und ging ins Bad. Sie ließ kaltes Wasser über den Körper rinnen und seifte sich mit reichlich Duschgel ein. Dann drehte sie den Warmwasserhahn auf. Sie spürte die angenehme Wärme auf der Haut und wurde allmählich ruhiger.

Als sie im Bad fertig war, lag Frank noch immer im Bett. Franziska kochte sich in der Küche einen Tee und überlegte, ob sie und er den geplanten Ausflug zur Hofewiese besser verschieben und ins Deutsche Hygiene-Museum in den Blüherpark fahren sollten. Dort endete die Ausstellung über die Erfindung von Menschenrassen. Franziska spielte seit Wochen mit dem Gedanken, sich die umfangreiche Materialsammlung anzuschauen.

Nun ist es zu spät. Nachdenklich blickt Franziska zu der Professorin, die mit dem Laser-Pointer auf eine grafische Darstellung zeigt. Ein paar Worte dringen an ihr Ohr: »Es, Triebe, Bedürfnisse, unbewusst.« Ihre Gedanken schweifen erneut ab. Sie erinnert sich an ein Buch ihrer Urgroßmutter, das sie als Jugendliche beim Stöbern auf dem Hausboden fand, ein Buch darüber, wie die Physiognomie angeblich den Charakter bestimmt. Ehrbarer Mensch oder Verbrecher? Ich sehe dich an und weiß, wer du bist. Menschen durchschauen, ihre Geheimnisse erraten – genial! Oder doch eher abwegig?

Wenngleich, ist nicht das Gesicht, der Ausdruck darin, der Spiegel der Seele? Als künftige Psychologin übt sich Franziska schon jetzt darin, in Gesichtern zu lesen. Sie hat da so eine Methode erfunden: Sie schaltet die Worte ab und beobachtet stattdessen das Mienenspiel. So war sie sich bereits manches Mal sicher, dass jemand sie täuschte, dass jemand versuchte, sie hinters Licht zu führen.

Aber spielen wir zuweilen nicht alle dieses Spiel?

Sie hängt diesem Gedanken nach, bis sich mit einem Mal ein Bild vor ihrem inneren Auge auftut: Konturen – unscharf und verschwommen. Jemand blickt in den Spiegel und sieht einen fremden Menschen darin.

Hat dieses Bild etwas mit dem gestrigen Mordfall zu tun? Gut möglich. – Nein, ziemlich gewiss …

Frank kam gestern kurz vor elf Uhr endlich aus den Federn. Er hatte Franziska schon eine Weile lang beobachtet, wie sie grübelnd in der Küche saß. Als sie ihn bemerkte, wünschte sie ihm schelmisch einen »Guten Morgen« und meinte, wenn er so weitermache, würde er noch sein Leben verpassen, die vielen Abenteuer, die auf ihn warten.

»Immer noch besser, als in den Tag hineinzuträumen. Rühreier mit Speck oder Rühreier mit Speck?«

Die beiden frühstückten ausgiebig und gerieten in eine Plänkelei über den weiteren Tagesablauf, die schließlich in einen Streit mündete. Frank konnte sich mit der ursprünglichen Idee durchsetzen, einen Ausflug zur Hofewiese zu unternehmen. Es fiel ihm schwer, einmal gefasste Entschlüsse spontan wieder umzuwerfen. Außerdem hielt er nicht viel von der Rassendiskussion.

Ob er etwa gewisse Vorurteile pflege, fauchte Franziska. Dann begann sie den Frühstückstisch abzuräumen, was sonst nie ihre Art war. Sie ärgerte sich über ihn und ihre Nachgiebigkeit. Außerdem war da dieses Etwas, das in der Luft lag und irgendwie mit dem Ausflug zu tun haben musste.

Plötzlich eilte Franziska aus der Küche und rief, ohne sich umzudrehen: »Los, lass uns fahren!«

Sie stürmte in den Keller und holte ihr Fahrrad. Frank blieb nichts anderes übrig, als im Hausflur schnell sein eigenes Rad zu reparieren. Jemand hatte ihm am Abend zuvor den Hinterreifen zerstochen.

»Zerstochene Reifen bringen Unglück«, behauptete Franziska und beobachtete ihren Freund mit blitzenden Augen.

Sie sei recht erfinderisch in ihrem Aberglaube, witzelte Frank. Ob sie denn wisse, dass der Aberglauben auch ein Vorurteil sei.

»Sind wir heute mal wieder besonders schlau, Herr Oberlehrer? Du wirst schon sehen. Sag später nicht, ich hätte dich nicht gewarnt.«

Es war bereits ein Uhr, als sich Franziska und Frank endlich auf die Räder schwangen. Sie fuhren zum Käthe-Kollwitz-Ufer, von wo aus sie die Albertbrücke überquerten. Später radelten sie durch die Äußere Neustadt.

Eine träge Schläfrigkeit ging von dem Dresdner Szeneviertel aus. Die Sonne brannte. Die Luft roch stickig und verbraucht. An den Häuserwänden prangten Graffiti, und die Laternenmasten waren mit mehreren Schichten Veranstaltungsreklame beklebt. Einige Touristen und Einheimische stromerten durch die Gassen, die mit Abfällen der durchfeierten Nacht übersät waren. Andere saßen auf den Fenstersimsen der geschlossenen Läden, vor den Cafés und Kneipen. Gedämpfte Gespräche, Kinderstimmen, bisweilen das Brummen eines Motors, hier und da leise Musik.

Franziska und Frank bogen von einer Seitenstraße in die Königsbrücker Straße ein. Läden säumten die Verkehrsader, rechts gab es BioCompany, Bike24 Store, Der Jalousinenladen, Suppenwirtschaft; linkerhand reihten sich Mäc Geiz, Reno, Sonnenstudio Brasil.

Am *Hole of Fame* in der Königsbrücker Straße 39, einem Projektraum und Veranstaltungsort, bremste Franziska abrupt. »Moment mal!«, rief sie Frank zu. Wo sie schon einmal hier vorbeifuhren, konnte sie auch direkt nach der Poetin des letzten Poetry-Slam fragen, mit der Franziska sich unbedingt treffen wollte. Aber die Tür war verschlossen.

Sie schaute durch das Fenster in den Veranstaltungsraum und betrachtete das spärliche Mobiliar: gleich hinter den Fensterscheiben ein altes Sofa, davor zwei runde Tische, im Raum verteilt einige Stühle, an der Rückwand ein Lautsprecherpaar. Auf der Theke standen ein Dutzend leere Gläser vom gestrigen Lyrikabend herum. Franziska schloss einen Moment lang die Augen und meinte, lautmalerische Saxophontöne und eine Kaskade gehauchter, geschluchzter, gesungener und gebrüllter Worte zu vernehmen, die echoartig von Person zu Person im Raum widerhallten.

»Schade, dass keiner da ist«, seufzte sie. »Soll heute nicht die neue Ausstellung vorbereitet werden?«

Die beiden radelten weiter in Richtung Dresden-Klotzsche.

Ein bisschen verärgert war Franziska noch immer, als sie ihr Fahrrad nach mehr als einer halben Stunde von der Straße nach Weixdorf in den Waldweg lenkte, der zur Hofewiese führte. »Landschaftsschutzgebiet« stand auf einem Schild, auf dem eine Eule abgebildet war. Verbissen trat Franziska in die Pedale.

»Mensch, jetzt warte doch mal!«, brüllte Frank hinter ihr her.

Sie radelte mit aller Kraft weiter. Allmählich verebbten die Verkehrsgeräusche. Der Sand knirschte unter den Reifen. Ab und zu war das Knacken eines Astes oder ein Vogelruf zu hören, sonst war es still, beinahe totenstill.

Kühle Waldluft umfing Franziska. Ihr Unmut war inzwischen verraucht. Eine schräge Melodie pfeifend, radelte sie vergnügt dahin. Sie erinnerte sich an die Zeit, als sie noch ein Kind war. Damals war sie mit dem Fahrrad mitten auf der Dorfstraße ihres Heimatortes dahingebraust – mit flatterndem Sommerkleid, den Wind in den Haaren.

»Juhu!«, jauchzte Franziska mit kehliger Stimme und brauste durch die Heidelandschaft. »Yippie! Ich fliege.«

Nach etwa einem Kilometer drehte sie sich um. Frank war nicht mehr zu sehen. Sie bremste ein wenig ab und fuhr langsamer, blickte zu den Baumwipfeln hinauf, durch die der stahlblaue Himmel leuchtete, und seufzte verzückt. Wie die Blätter im gleißenden Sonnenlicht glitzerten! Wie ein Meer von Silberschmuck. Und wie die Luft nach Pilzen und feuchter Erde roch. Franziska atmete tief ein und aus. »Herrlich. Endlich mal raus aus dem Mief.«

Ihr Blick glitt über die Gräser und Büsche an den Wegrändern, die sich sacht in der leichten Brise wiegten. An mehreren Stellen war abgeholztes Buschwerk angehäuft. Hier und da lag ein entwurzelter Baum. Und dort: ein riesiger Fleck voller Heidelbeeren, die wie kleine blaue Tupfen leuchteten. Franziska stieg vom Rad ab und pflückte eine Handvoll. Köstlich. Sie hatte schon ewig keine Heidelbeeren mehr gegessen.

Als sie wieder losradelte, kam ihr eine Gruppe lärmender Wanderer entgegen. »Hallo!«, rief eine Frau. Franziska grüßte zurück. Dann hörte sie, wie sich ihr von hinten ein Fahrrad näherte. Frank rückte keuchend auf. »Da bist du ja endlich«, freute sich Franziska. Frank brummte etwas wie, sie hätte ja warten können, vor sich hin.

Unterdessen gelangten die beiden auf den Feldweg, der geradewegs zur Hofewiese führte. Linkerhand erstreckte sich ein kleines, vom Mäher verschontes Wiesenstück mit grünen und altrosafarbenen Gräsern, violetten Disteln und gelb-weißen Berufkräutern. Rechts folgten in größeren Abständen Ansammlungen von Wildsträuchern. Jenseits davon erstreckte sich auf beiden Seiten abgemähtes Weideland. Am Ende des Weges lugte das Dach des Landguts Hofewiese hinter einigen Bäumen hervor.

Wie idyllisch, ging es Franziska durch den Kopf. Sie steuerte auf die Hofewiese zu. Mit einem Mal erfasste sie wieder das seltsame Gefühl, das sie bereits am Morgen beschlichen hatte.

»Da!«, hörte Frank sie rufen. »Sieh mal, dort. Der perfekte Aussichtspunkt.« Sie deutete auf einen Hochstand am Rand eines Waldstücks, das auf der rechten Seite an die Weidefläche grenzte. Franziska bremste abrupt. Frank kam knapp hinter ihr zum Stehen. »Geht's noch? Ich wäre fast auf dich drauf gefahren.«

»Ist ja nichts passiert. He, jetzt mach doch nicht so ein Gesicht.« Sie stellte das Rad ab und ging auf ihren Freund zu. Sie küsste ihn und setzte eine schuldbewusste Miene auf.

Nach kurzem Zögern legte Frank seinen Arm um ihre Schulter. »Eigentlich bist du ja ganz süß«, flüsterte er ihr ins Ohr.

»Eigentlich … Aha. Und uneigentlich?«, fragte Franziska und starrte auf den Hochstand.

»Willst du das jetzt wirklich wissen? Eine widerborstige, emanzenhafte, zickige …«

Franziska hörte nicht mehr zu. Wie von einer unsichtbaren Kraft gelenkt, schob sie ihr Rad mit fieberhaftem Tempo über das Weideland. Frank blieb nichts weiter übrig, als ihr zu folgen.

Als sie sich kurz vor dem Hochstand befanden, kam ein Jogger aus dem dichten Wald heraus. Ohne aufzublicken, lief er an dem Paar vorbei. Franziska blieb stehen und blickte ihm stirnrunzelnd nach.

»Komisch, der läuft wie eine Frau«, erklärte sie ihrem Freund, der sich erschöpft auf den Lenker stützte.

»Ach nee. Wie laufen Frauen denn so?«

»Glaub's doch. Frauen joggen anders als Männer. Die meisten jedenfalls. Sie drehen den Fuß und den Unterschenkel nach außen. Siehst du? So.« Franziska bewegte sich etwas unbeholfen vorwärts.

»Ich wusste gar nicht, dass du X-Beine hast.« Grinsend stellte Frank sein Rad ab und trabte Franziska imitierend auf den Waldrand zu.

»Na warte!«, rief sie mit gespielter Entrüstung und ließ ihr Fahrrad auf die Grasstoppeln fallen. Schon wollte sie Frank hinterherjagen. Aber einer inneren Stimme folgend, hielt sie inne und blickte sich nach allen Seiten um. Dann ging sie langsam am Waldrand entlang.

Plötzlich blieb sie wie angewurzelt stehen: »Frank, sieh mal. O Gott! Ich hab's doch gewusst …«

Frank folgte ihr und blickte in die Richtung, die Franziska ihm wies. Dort ragte eine Hand aus dem Gebüsch.

4

»Es gab wieder ein Dutzend Telefonanrufe, jede Menge Hinweise. Alle wollen den Jogger irgendwann und irgendwo schon mal gesehen haben. Da blickt man langsam nicht mehr durch. Der Typ muss ein Allerweltsgesicht haben.«

Kriminalassistent Paul Librach ächzt. Frustriert schiebt er sich eine Praline in den Mund. Die bis auf ein Viertel geleerte Konfektschachtel steht auf einem Stapel Kartons neben der Tastatur seines Computers. Aus einer aufgezogenen Schublade des Schreibtischs quellen bunt bedruckte Alufolien hervor, einige davon liegen auf dem Boden verstreut.

»Was halten Sie davon, zur Abwechslung auch mal den Müll zu entsorgen? Und stopfen Sie doch nicht ständig diesen Süßkram in sich hinein!« Barbara Eichner knallt wütend das Lineal auf den Schreibtisch. Die Arbeit wächst ihnen über den Kopf und dieser gefräßige Kerl hat nichts anderes zu tun, als pausenlos Konfekt zu naschen. In den vier Jahren, die beide jetzt zusammenarbeiten, hat er mindestens sechs Kilo zugenommen.

»Ich brauche das für meine innere Balance, eine Art Ess-Yoga. Das gibt's sonst nur zum Abnehmen. Ich hab's aber für mich ein bisschen umgemünzt. Wollen Sie auch eine?« Paul Librach reicht seiner Chefin die Pralinenschachtel.

Von wegen Balance. Ballast trifft es wohl eher. Am liebsten würde Barbara Eichner den Assistenten samt Konfekt augenblicklich hinausbefördern. »Schokolade macht müde. Das habe ich Ihnen schon mehrmals erklärt«, stößt sie gereizt hervor. »Und jetzt mal Klartext: Wir sind gezwungen, jede Aussage ernst zu nehmen, auch weil die gestrigen Verhöre ja nun wirklich rein gar nichts ergeben haben.«

»Nee, alles Nieten«, brummt Paul Librach vor sich hin.

Die Kriminalhauptkommissarin stöhnt. Was ist bei den bisherigen Ermittlungen herausgekommen? Fast nichts. Deshalb setzt sie nun alles daran, diesen Jogger zu finden. Offenbar ist er außer dem jungen Paar der einzige brauchbare Zeuge. Was aber, wenn er mit dem Mord zu tun hat? Dann ist er wahrscheinlich längst untergetaucht.

»Gibt es Neuigkeiten über das Opfer? Hat man Angehörige ausfindig machen können?«

Der Kriminalassistent öffnet umständlich eine Datei, liest die Aufzeichnungen und erklärt seiner Chefin schließlich, der getötete Stefan Baumann sei Ende fünfzig und alleinstehend gewesen, beschäftigt als mittlerer Angestellter in einer Firma für Kunststofftechnik. Nachdem er mehrere Tage lang nicht am Arbeitsplatz aufgetaucht war und sich auch nicht krankgemeldet hatte, zeigten ihn seine Kollegen als vermisst an.

»Im Grunde war er unauffällig. Keine Schulden, kein Mumps oder sonstige ansteckende Krankheiten. Keine Villa in Monaco«, fügt Librach hinzu, um dann erst ungläubig und schließlich angewidert die Augen zu verdrehen: »Der Mann war Veganer. Steht hier schwarz auf weiß: kein Fleisch.«

Paul Librach stockt und schielt zur Konfektschachtel, wagt es aber nicht, sich eine weitere Praline zu nehmen. »Gegner oder Feinde hatte er im Grunde auch nicht – im Gegenteil: Er war relativ beliebt bei den Kollegen. Ähm, ein Mitarbeiter allerdings …« Er bückt sich umständlich nach mehreren Büroklammern, die er auf dem Fußboden entdeckt hat.

»Was? Nun spucken Sie's schon aus!«, drängt die Kommissarin und spielt nervös mit dem Kugelschreiber.

»Also, vor etwa einem Dreivierteljahr wurde Herr Baumann befördert, sehr zum Leidwesen eines Kollegen, der damals meinte, Gehaltserhöhungen für sich gepachtet zu haben. Irgend so ein talentfreier Möchtegern – laut Sekretärin.« Paul Librach blättert in der Datei: »Ah, hier haben wir ihn ja.

Torsten Banz heißt er. Sollte wohl besser ›Pranz‹ heißen. Nachdem er Herrn Baumann mehrere Wochen lang aufs Übelste gemobbt hatte, wurde er vom Dienst ›freigestellt‹. Baumann hatte eine Beschwerde gegen ihn eingereicht, und Banz war wohl schon mehrere Male in der Chefetage in Ungnade gefallen.«

»Interessant, Herr Librach.« Barbara Eichner wirft dem Assistenten einen anspornenden Blick zu. »Diesen Banz müssen wir ausfindig machen, unbedingt. Rache als Motiv – durchaus denkbar.«

»Tatort Arbeitsplatz«, bemerkt der Kriminalassistent. »Das wäre ja nicht das erste Mal.«

»Sagen Sie, was hat eigentlich die Durchsuchung der Wohnung des Opfers gebracht? Irgendwelche Hinweise? Spuren, die nicht von ihm stammen?«, fragt Barbara Eichner und blickt den Assistenten gespannt an.

»Nada.« Er schüttelt den Kopf. »Bis jetzt jedenfalls. Die Feinanalysen laufen wohl noch. Im Moment sieht es aber nicht danach aus, dass der Mann jemals Besuche empfangen hat. Ziemlich crazy eigentlich.«

Die Kommissarin zieht die Augenbrauen hoch: Was ist daran verrückt, wenn jemand keinen Besuch hat? »Was hat die Auswertung der Handydaten ergeben?«

»Fehlanzeige. Der Mann besaß überhaupt kein Handy. Jedenfalls haben wir keins gefunden. Die Arbeitskollegen haben bestätigt, nie eins bei ihm gesehen zu haben.«

»Aber der Mann wird doch ein Telefon besessen haben. Wir leben doch nicht mehr in der DDR.« Ihr kommt in den Sinn, dass ihre Mutter die Tante, die vor der Wende in der Schweiz lebte, heimlich aus dem Büro angerufen hatte. Zum Glück hatte es niemand bemerkt, denn Westkontakte waren allgemein unerwünscht und für staatsnahe Beschäftigte sogar verboten. Später erhielten die Eltern ein Telefon, weil sie jemanden kannten, der wiederum jemanden kannte, der im Post- und Fernmeldewesen arbeitete. Irgendjemand verbreitete daraufhin das Gerücht, ihre Eltern seien bei der Stasi.

»Ähm, also ich nehme mal an, dass unser Opfer nicht gerade taubstumm war. Und eine Sozialphobie hatte er ja offenbar auch nicht.«

Paul Librach schnieft: »In der Wohnung stehen sogar zwei Apparate: eine Feststation im Wohnzimmer und ein Mobilteil in der Küche. Die eingehenden Anrufe und die Nachrichten auf dem Anrufbeantworter lasse ich gerade überprüfen.«

Na also. Warum nicht gleich so? Um Barbara Eichners Lippen spielt ein winziges Lächeln. Ein plötzlicher Gedanke lässt sie stutzen: »Müsste nicht längst die DNA-Analyse der Spuren vorliegen, die man am Hals des Toten gefunden hat? Herr Librach, rufen Sie doch bitte sofort Herrn … Ach nein, ich mach das gleich selbst. Kümmern Sie sich mal lieber um Torsten Banz – und um den Jogger natürlich.«

Als die Kommissarin nach dem Hörer greift, öffnet sich die Bürotür und die Sachbearbeiterin Steffi Siegel steckt den Kopf herein: »Draußen wartet ein Herr … Mist, jetzt hab ich doch den Namen vergessen. Angeblich sei er vorgeladen worden. Soll ich ihn reinbitten?«

»Sag ihm, er möge doch im Flur Platz nehmen. Ich komme gleich.«

Die Kommissarin bedeutet der Sachbearbeiterin mit ungeduldiger Geste, nicht weiter zu stören, und wählt Karsten Pollacks Nummer. »Barbara Eichner hier. Haben Sie die Daten?«

»Frau Eichner. Was verschafft mir die Ehre?« Pollacks sonorer Bariton dringt an ihr Ohr. »Schön, Ihre Stimme zu hören.«

Bloß nicht von Omar Sharif einlullen lassen, ermahnt sich die Beamtin und fordert schroff: »Ich brauche die DNA-Auswertung.«

Der Professor atmet hörbar ein: »Also, da ist was schief …

Tut mir leid, aber irgendjemand hat die Proben vertauscht. So was ist mir in meiner ganzen Karriere noch nicht untergekommen. Ich bitte untertänigst um Entschuldigung.«

Barbara Eichner traut ihren Ohren nicht: »Was? Ist jetzt etwa alles futsch?«

»Nein, keine Sorge. Es gibt noch Reserveproben. Wir sind dran, aber ich muss Sie um etwas Geduld bitten. Eine Sache kann ich Ihnen aber schon mitteilen: Das Opfer wurde betäubt.« Der Rechtsmediziner berichtet, dass er Blut und Urin des Toten untersucht habe. Zudem seien dem Opfer Haarproben entnommen und an das Institut für Rechtsmedizin der Berliner Charité zur Analyse versandt worden.

»Bei den Untersuchungen fanden sich Spuren der Gamma-Hydroxybuttersäure, auch bekannt als ...«

»Liquid Ecstasy oder K.-o.-Tropfen, ist mir bekannt«, unterbricht die Kommissarin Karsten Pollack.

Der Mediziner fährt unbeirrt fort: »Noch mal wegen der DNA: Wie gesagt, es tut mir aufrichtig leid. Kann ich's wiedergutmachen? Ich lade Sie heute Abend zum Essen ein: *Taste of India*?«

Ob sie das Restaurant in der Bautzner Straße kenne, sehr hübsche Villa im spätklassizistischen Stil. »Im Innenraum stehen Skulpturen des Shiva, seiner Frau Parvati und ihres Sohnes, des Elefantengottes Ganesha. Die Theke ist mit einem Schmuckstein aus Bali verziert, Onyx, wenn ich mich nicht irre. Und dieser exotische Duft. Ich habe übrigens schon mal vorgekostet: einfach superb. Also, was meinen Sie, Frau Eichner, soll ich einen Tisch reservieren?«

»Danke, keinen Hunger.« Die Kommissarin knallt den Hörer auf. Dann stützt sie den Kopf auf die Hände und schließt die Augen. Paul Librach beobachtet seine Chefin einige Sekunden lang. Schließlich weist er sie vorsichtig darauf hin, dass der Zeuge im Flur wartet.

»Wird schon alles, Frau Eichner«, versucht er sie aufzumuntern. »Es klingt vielleicht wie ein Klischee, aber wir schaffen das. Ich räume auch auf.«

Kommissarin Eichner blickt den Assistenten dankbar an. Im Grunde mag sie Paul Librach. Runde Menschen, wie sie sie bezeichnet, wirken im Allgemeinen beruhigend auf sie. Die Beleibteren haben etwas Bodenständiges, glaubt Barbara Eichner, allein schon wegen der Erdanziehungskraft.

»Nichts für ungut, Herr Librach. Ich bin vielleicht manchmal etwas impulsiv. Sie wissen hoffentlich, dass ich es nicht so meine.«

»Aber klaro, Chefin. Ich hab 'ne Elefantenhaut und darunter eine weitere massive Schutzschicht.« Er klopft sich auf den Bauch.

5

Franziska hätte längst die Utensilien zusammenpacken und nach Hause gehen müssen. Doch die Hobbymalerin steht noch immer an der Staffelei, die sie am Elbufer im Johannstädter Stadtteil unweit ihrer Wohnung aufgestellt hat.

Der Himmel ist in ein Schwarzblau getaucht. Nur im Westen glüht es noch purpurn über der Silhouette der Altstadt, die von historischen Gebäuden und den Türmen von Frauenkirche, Hofkirche und Rathaus konturiert wird. Obwohl das Tageslicht fast erloschen ist, malt Franziska weiter. Sie will das Bild noch heute fertig bekommen, es endlich aus dem Kopf, wo es ihr seit Tagen herumgeistert, auf die Leinwand verbannen.

Vom Fährgarten, ganz in der Nähe, weht ein Gemisch aus Bier- und Bratwurstgeruch zu Franziska herüber. Ein Kind kreischt unaufhörlich. Hinten, auf dem Radweg in Richtung Loschwitz, fährt eine Gruppe Biker. Sprachfetzen dringen an Franziskas Ohr: Englisch, Spanisch, gebrochenes Deutsch. Ein Hubschrauber fliegt dröhnend über die Elbe, um einen Notfallpatienten in das nahe gelegene Universitätsklinikum zu befördern. Franziska schaut dem Flieger nach, als das Handy klingelt.

Zögernd tippt sie auf »Annehmen« und murmelt ein undeutliches »Ja«, das wie eine Frage klingt.

Es meldet sich ein Kommilitone: Ob sie ihm bei der Vorbereitung der Statistik-Klausur helfen könne. Er klingt verzweifelt. Franziska verspricht, am nächsten Abend bei ihm vorbeizukommen. Der Kommilitone will sich nicht abwimmeln lassen. Er habe Rosenthaler Kadarka gekauft, Franziskas Lieblingswein. Vielleicht könne sie es doch schon heute einrichten. Franziska erklärt, dass sie bereits mit Frank verabredet sei, und verabschiedet sich. Ohne eine Antwort abzuwarten, drückt sie die Ausschalttaste ihres Handys und taucht wieder in die abendliche Stimmung der Stadt ein, um ein paar Impressionen schemenhaft im Bildhintergrund festzuhalten.

Lampen strahlen vom gegenüberliegenden Elbufer und aus dem Stadtzentrum herüber. Alte Villen lugen hinter Laubbäumen hervor. Die Fähre, die zwischen der Neustadt und der Johannstadt verkehrt, schiebt sich über das Wasser. Ihr Motorengeräusch wird vom lauten Spiel einer Dixielandkapelle erstickt, das von einem Schiff der Sächsischen Dampfschifffahrt zu Franziska herübertönt. Wie ein schwimmender Plattenbau bewegt sich die *Gräfin Cosel* gen Osten und verschwindet in einer Kurve hinter der Waldschlösschenbrücke. Von dort aus geht die Fahrt bis zum Schloss Pillnitz, der ehemaligen Sommerresidenz der sächsischen Könige.

Ach ja, jetzt Semesterferien haben. Ausschlafen, dann den ganzen Tag lang malen, lesen, klönen, ab und zu in der Sächsischen Schweiz wandern. Abends mit Freunden in der Kneipe oder am Elbufer hocken und über Gott und die Welt diskutieren …

Falsche Zeit. Franziska schiebt die Träumereien beiseite. Jetzt heißt es studieren, studieren und die Examina bestehen – theoretisch. Praktisch hat sie neben Studium und gelegentlichem Jobben noch eine ganz spezielle »Mission«, wie sie die fortan nennt, zu erfüllen: Sie will das Rätsel lösen, das sie sich selbst gestellt hat. Sie will das Geheimnis lüften, in dessen Bann sie seit Tagen gezogen wird. Ein wenig hat es mit dem Bild zu tun, das sie gerade malt. Sinnend betrachtet Franziska ihr Werk, das Porträt einer Frau: starrer Blick aus hellgrauen Augen, eine kleine, fast kindliche Nase, die Lippen aufeinandergepresst, flammendes Haar, das mit der Landschaft verschmilzt.

Franziska tritt einen Schritt zurück, schaut, geht ganz nah an das Gemälde heran und betrachtet es wieder. Es verändert sich in der Abenddämmerung. »Es kommt eben auf den Blickwinkel an«, murmelt sie vor sich hin. »Manchmal sind die Dinge anders, als sie scheinen«, fügt sie nach einer Weile mit sibyllinischem Ausdruck in der Stimme hinzu.

Franziska denkt an die Kippbilder, die sie kürzlich im Seminar betrachtet haben. Mal erscheint eine Vase, dann zwei Gesichter. Entweder sieht man eine alte Frau oder eine junge – faszinierend, diese Doppeldeutigkeiten, diese optischen Täuschungen.

»Warum so nachdenklich?« Franziska zuckt zusammen. Frank hat sich an seine Freundin herangeschlichen. Er legt den Arm um sie und fragt, ob sie für heute das Malen nicht beenden wolle. »Du siehst ja gar nichts mehr.«

Franziska antwortet nicht.

Frank schüttelt den Kopf: »Wenn ich bloß Gedanken lesen könnte.«

Franziska flüstert beinahe: »Ich muss dauernd an den Toten im Wald denken, an die Befragung bei der Polizei. Viel haben sie anscheinend noch nicht über den Mord rausgefunden. Andererseits werden sie uns die Informationen ja auch nicht auf die Nase binden. Ich will morgen unbedingt wieder nachschauen, was die Presse schreibt. Und dann bin ich gespannt, ob jemand auf das Phantombild reagiert.«

»Aha, dachte ich's mir doch. Meine Freundin ermittelt mal wieder.« Als Franziska nicht reagiert, wird Frank nachdenklich. Er frage sich, was einen Menschen dazu bringt, einen anderen zu töten, und ob grundsätzlich jeder dazu im Stande sei. »Wenn ich es so recht bedenke … Der Mörder in der Dresdner Heide war garantiert Fetischist. Ich meine, wegen der Puppe.«

»Na, Herr Kriminalist, etwas dünn Ihre These. Warte mal lieber auf die Forensische Psychologie im nächsten Semester.« Franziska zieht spöttisch eine Augenbraue hoch. Dann starrt sie auf die Leinwand. »Komisch, ich hätte schwören können, dass der Jogger hellgraue Augen hat, genau solche.« Sie weist auf das Porträt.

Frank betrachtet das Bild: »Sie wirkt resolut, aber irgendwie auch zerbrechlich, fast ein wenig unheimlich, so wie du … Äh, ich meine die Farbe der Haare. Wenn ich sie so ansehe … Nein, ich bleibe dabei: Der Jogger hatte blaue Augen. Egal, Hauptsache ist, sie finden ihn und fassen bald den Täter.«

»Ganz sicher nicht«, entfährt es Franziska. Als Frank sie daraufhin fragend ansieht, schweigt sie. Sie will ihre Überlegungen nicht mit ihm teilen. Schließlich kann sie auch falschliegen. Und dann würde er sie, wie es seine Art ist, mit Vergnügen hochnehmen.

»Franziska Christies tödlicher Irrtum Nummer zwei«, würde er sie wahrscheinlich foppen, und das nur, weil sie sich einmal getäuscht hat. Vor etwa einer Woche war sie der festen Überzeugung, jemand habe ihre Geldbörse gestohlen. Als die Börse drei Tage später zufällig ganz hinten in der Garderobe wieder auftauchte, witzelte Frank noch tagelang, mit Franziskas Intuition könne es nicht so weit her sein. Daher behält sie auch jetzt ihre Vermutungen lieber für sich.

Letzte Nacht war sie nach einem Albtraum hochgeschreckt und hatte plötzlich wieder so eine Ahnung, zugegeben, eine ziemlich verrückte Idee. Dennoch musste da irgendetwas dran sein. Zumindest war dies eine lauwarme Spur. Aber sie wird schweigen wie ein Grab. Nein, sie wird keinem etwas davon erzählen. Doch sie wird etwas tun, still und heimlich. Sie wird wachsam sein und die Augen offenhalten. Sie wird recherchieren, und dann wird sie auf eigene Faust ermitteln. Wer weiß, vielleicht findet sie ja tatsächlich etwas heraus? Aber was heißt »etwas«? Wenn ihre Spürnase sie nicht trügt, kann sie den Fall womöglich lösen.

Heute, am späten Nachmittag, hat sie die letzte Vorlesung geschwänzt und sich noch einmal an den Tatort begeben. Sie ist zur Hofewiese gefahren, hat im Garten eine Cola getrunken und ist dann zum Hochstand gegangen. Dort hat sie das Gelände durchkämmt. Sie wusste nicht genau, wonach sie sucht, erinnerte sich nur blass daran, beim Leichenfund aus dem Augenwinkel heraus etwas gesehen zu haben. Aber vielleicht irrte sie sich auch; es ging ja alles so schnell.

Tatsächlich hat sie am Nachmittag zunächst auch nichts finden können. Allem Anschein nach hatte die SpuSi ganze Arbeit geleistet. Trotzdem hat sich Franziska ins Gebüsch geschlagen und den Waldrand durchforstet. Zuletzt ist sie auf allen Vieren auf dem Boden gekrochen. Zum Glück hat sie niemand gesehen. Man hätte sie sonst sicher für meschugge erklärt, für eine übergeschnappte Patientin gehalten, die aus der Klotzscher Psychiatrischen Klinik ausgebrochen ist.

Aber wer sucht, der findet. Gerade wollte Franziska umkehren, da erspähte sie etwas Blitzendes im Laub. Sie kroch näher heran und zog einen Gegenstand aus dem dichten Laub hervor. Bingo! Der kleine Ausflug hatte sich gelohnt.

Als Franziska wieder das Gartenrestaurant an der Hofewiese passierte, sah sie einen Mann an einem der Tische sitzen. Sie hätte schwören können, dass es dieser Rechtsmediziner von neulich war, ein cooler Typ, sicher kein Mainstreamer und seltsam undurchsichtig. Er wirkte wie von einer nebulösen Aura umgeben, als hätte er etwas zu verbergen. Was wollte er eigentlich auf der Hofewiese? Ist sein Arbeitsplatz nicht der Obduktionstisch, wo er pausenlos Leichen seziert? Uh, wie gruselig …

Geistesabwesend starrt Franziska auf das Porträt, als würde sie durch es hindurchschauen. Schließlich betrachtet sie die Kette am Hals der Frau und streicht mit dem Zeigefinger darüber. Die Farbe ist bereits getrocknet.

Abrupt wendet sie sich Frank zu und fragt: »Sag mal, wollen wir zu mir gehen? Ich mach uns ’ne Pizza.«

»Na, Gott sei Dank. Sie kann noch sprechen. Übrigens hatte ich extra Sterne für dich bestellt. Sieh mal, der Große Wagen, und dort ist Kassiopeia. Weißt du übrigens, dass viele Sterne ihr eigenes Planetensystem …?«

»Psst«, flüstert Franziska und legt ihm die Arme um den Hals. Sie zieht ihn zu sich herab, und die beiden küssen sich. Dann packen sie Franziskas Sachen zusammen. Frank bietet sich als Träger an. Das Pärchen läuft vergnügt durch die Nacht.

6

Beinahe heiter steigt Barbara Eichner nach Dienstschluss die Freitreppe der Polizeidirektion hinab. Im Foyer dreht sie sich noch einmal um und betrachtet die Empore mit den Säulen und den vergoldeten Geländern, als würde sie diese Pracht zum ersten Mal wahrnehmen. Dann schaut sie kurz zur leeren Pförtnerloge hinüber und wirft einen zufriedenen Blick auf die Pinnwand mit den Zeugenaufrufen und Vermisstenanzeigen, auf der sich auch das Phantombild des Joggers befindet. Schließlich verlässt sie das Gebäude durch die gläserne Eingangstür und betritt die Schießgasse. Es ist fast 20.30 Uhr.

Graue Wolken hängen über der Stadt. An einer Stelle ist der Himmel tintenblau. In der Abenddämmerung wirkt die Stahlkonstruktion der Außentreppe des Dresdner Landhauses, das die Städtische Galerie beherbergt, wie ein Scherenschnitt.

Die Beamtin lächelt in sich hinein. Ein kleiner Lichtblick erscheint am Horizont. Wenn Barbara Eichner richtig liegt, haben sie den Jogger. Und wie es aussieht, könnte er sogar in den Fall verstrickt sein. Karl Bulang ist bei der Dresdner Polizei einschlägig bekannt. Auf sein Konto gehen diverse Einbrüche, Schlägereien und ein schwerer Raub mit Todesfolge. Der Mann hat mehrere Gefängnisstrafen abgesessen, die letzte dauerte zehn Jahre. Gerade mal sechs Wochen ist er jetzt auf freiem Fuß und schon wieder in den Fängen der Gesetzeshüter.

Ein Nachbar hat sich auf die Zeitungsanzeige hin bei der Polizei gemeldet. Er habe Bulang auf dem Phantombild erkannt. Der Verdächtige sei in der Tatnacht nicht zu Hause gewesen und erst am darauffolgenden Nachmittag wieder in der Wohnung aufgetaucht. Eine etwas fragwürdige Aussage, wie Barbara fand, als hätte der Nachbar Bulang Tag und Nacht nicht aus den Augen gelassen. Dennoch ist es durchaus denkbar, dass der

Kriminelle in den Fall involviert ist. Barbara Eichner glaubt ohnehin nicht daran, dass Bulang inzwischen ein besserer Mensch geworden ist.

Am Nachmittag nahm die Kriminalhauptkommissarin ihn in Polizeigewahrsam. Bulang verstrickte sich während der Vernehmung immer wieder in Widersprüche. Als sie ihn dann nach seinem Alibi für die Tatzeit befragte, schwieg er verbissen. Später faselte er etwas vom »Recht zu schweigen« und seiner Unschuld. Plötzlich aber rastete er aus und drohte, handgreiflich zu werden …

»Schönen Feierabend, Barbara.« Steffi Siegel, die von der gegenüberliegenden Straßenseite auf den Eingang der Polizeidirektion zusteuert, reißt die Kommissarin aus ihren Gedanken.

»Du willst doch nicht etwa noch mal ins Büro? Mach Schluss für heute, Steffi. Morgen ist auch noch ein Tag.«

»Und das aus deinem Munde. Ich bin gleich wieder weg, hab nur was vergessen. Aber lass mich raten: Du nimmst doch garantiert die Unterlagen für die morgige Pressekonferenz mit nach Hause, oder?«

»Ach Gott, bin ich so leicht zu durchschauen?« Die Kommissarin fühlt eine leichte Röte im Gesicht aufsteigen. Zum Glück scheint es Steffi Siegel nicht bemerkt zu haben.

Bevor die Sachbearbeiterin im Innern des Sandsteingebäudes verschwindet, ruft sie der Chefin nach: »Pass auf dich auf.« Dann knallt die schwere Eichenholztür zu.

»Du au …« Kommissarin Eichner stockt. Ihr kommt der Satz – obwohl er sicherlich nur so dahingesagt war – plötzlich wie eine Drohung vor. Großer Gott, war sie jetzt etwa schon paranoid? In den letzten beiden Nächten war sie mehrmals aus dem Schlaf geschreckt. Sie glaubte, Geräusche gehört zu haben. Zweimal kam es ihr so vor, als hätte das Telefon geklingelt. Aber wahrscheinlich hatte sie nur geträumt.

Eiligen Schrittes geht Barbara Eichner die Schießgasse entlang in Richtung Tzschirnerplatz. Auf halber Strecke steht ein Glaskasten, der Mitteilungen über das Gebäude der Polizeidirektion enthält. Erst war es ein Polizeigefängnis, dann Folterstätte für Juden, Homosexuelle und Gegner des Naziregimes. Ab 1938 war es auch Zwischenstation für zahlreiche jüdische Menschen, die von hier aus ins Konzentrationslager deportiert wurden.

Wie so manches Mal bleibt die Beamtin vor dem Foto stehen, das eindringlich die Vergangenheit des Behördenbaus symbolisiert: eine Mauer mit einem kleinen vergitterten Fenster, durch das ein blasser Lichtstrahl dringt.

Sie muss an das Buch von Bruno Apitz denken, das sie in der Schule gelesen hatten: *Nackt unter Wölfen.* Mehrere Häftlinge verstecken im Konzentrationslager Buchenwald unter Lebensgefahr einen dreijährigen Jungen vor den SS-Männern. Die Kriminalhauptkommissarin entsinnt sich, wie sie ein ganzes Wochenende lang Tag und Nacht mit der Lektüre des Romans verbracht hatte. Ihre Schulklasse war später in das Konzentrationslager gefahren – Erinnerungen, die sich tief in ihr Gedächtnis eingebrannt haben.

Als die Beamtin gerade weitergehen will, tritt eine junge Journalistin an sie heran. Barbara Eichner ist jetzt nicht nach einem Plausch mit dieser oberflächlich-voyeuristischen Person zumute, dieser Susanne Braun, die ihr schon mehrmals aufgelauert hat.

»Frau Eichner, entschuldigen Sie. Darf ich Sie etwas …?«

»Ich habe Dienstschluss«, fällt die Beamtin der jungen Frau ins Wort. »Schon mal was von ›Verletzung der Privatsphäre‹ gehört?«

»Nur eine Frage bitte.«

»Sie können sich gern morgen auf der Pressekonferenz zu Wort melden.«

»Ist Bulang der Täter? Oder war er der Zeuge im Wald?«, fragt die junge Frau unumwunden.

»Woher wissen Sie …? Unerhört!«

Wie ist diese Frau nur an die Informationen gelangt? Und was hat sie mit Bulang zu tun? Fassungslos schiebt Barbara Eichner die Journalistin beiseite und eilt davon.

Sie hat die Akademiestraße und die St. Petersburger Straße bereits hinter sich gelassen und befindet sich nun auf der Carolabrücke. Es sind nur noch wenige Fahrzeuge unterwegs. Ein roter Doppelstockbus der Dresdner Stadtrundfahrt rollt die Straße entlang. Es sitzen kaum Touristen darin. Auf dem Radweg steht ein Pärchen und knipst Selfies. Als Barbara Eichner auf gleicher Höhe mit ihnen ist, steigen sie auf ihre Tretroller und rasen in Richtung Altstadt.

Langsam legt sich die Dunkelheit über Dresden. Die Kommissarin blickt über die Elbe zu den Häuserblöcken hinter dem Finanzamt, in denen sich ihre Wohnung befindet. Sie spürt, dass ihre Kehle trocken ist und überlegt, ob sie noch Mineralwasser im Kühlschrank hat.

Plötzlich hört sie Schritte hinter sich. Sie zuckt zusammen. Intuitiv geht sie schneller. Sie sollte sich umdrehen, aber sie tut es nicht. Jetzt beschleunigen sich auch die Schritte ihres Verfolgers. Sie kommen immer näher heran. Schon meint Barbara Eichner, Atem im Nacken wahrzunehmen.

Deeskalation, schießt es ihr durch den Kopf, oder doch besser Abwehr? Sie hat das Gefühl, dass ihr Arme und Beine versagen. Hätte sie jetzt die Dienstwaffe dabei … Aber die hat sie pflichtgemäß im Tresor der Dienststelle hinterlegt. Sie nestelt in ihrer Tasche nach dem Pfefferspray. Da spürt sie einen dumpfen Schlag auf den Hinterkopf, und ihr schwinden die Sinne.

7

»Also, kommen wir zum Fazit der Vorlesung, meine Damen und Herren: In Zukunft wird der Todeszeitpunkt eines Opfers noch präziser bestimmbar sein. Den Schlüssel dafür liefern Untersuchungen darüber, wie schnell Proteine in den Skelettmuskeln zerfallen.«

Karsten Pollack macht eine Kunstpause und fährt fort: »Und zum Schluss noch ein kleiner Vegetarier-Witz: ›Tut mir leid‹, sagt der Arzt zu seinem Patienten. ›Aber ich muss Ihnen sagen, dass auch Sie Muskeln verdauen.‹ – ›Kann nicht sein, Herr Doktor. Ich bin Vegetarier.‹ – ›Aber ja doch. Und ob Sie Muskeln verdauen, und zwar die eigenen. Und wissen Sie, wann? Wenn Sie nicht genügend Proteine aufnehmen. Na, dann mal ran an die Buletten.‹« Der Dozent schaut grinsend in die Runde, klappt seinen Laptop zu und packt ihn ein.

Mehrere Studierende blicken konsterniert drein. Die meisten jedoch klopfen lachend auf die Bänke. Der unorthodoxe Vortragsstil von Karsten Pollack hat sich längst herumgesprochen. Immerhin hält er seine rhetorisch geschliffenen Vorlesungen ohne jegliche Notizen. So ist er inzwischen zu einer Art lebender Legende avanciert – trotz der kurzen Zeit, die er hier unterrichtet. Rechtsmedizin ist Kult bei den Studierenden der Humanmedizin an der Technischen Universität Dresden.

Nur langsam ebbt das Beifallklopfen ab. Schließlich schieben sich Scharen junger Leute durch die Reihen dem Ausgang zu. Manch junge Frau schaut verstohlen oder gar keck zu Karsten Pollack herüber. Der Professor bemerkt es mit Wohlwollen.

Sein Blick fällt auf eine Studentin, die sich gegen den Strom ihrer Kommilitonen in seine Richtung drängt. Er kann sich nicht erinnern, sie in seinen Vorlesungen bisher gesehen zu haben. Irgendwie kommt sie ihm dennoch bekannt vor: hochgewachsen, flammend rote Haare, Porzellanteint, breiter, frecher Mund … Ist das nicht die junge Frau, die mit ihrem Freund zusammen die Leiche in der Dresdner Heide entdeckt hat? Was für ein seltsamer Zufall, dass sie plötzlich in seiner Vorlesung auftaucht.

»Kann ich Sie was fragen?« Die Studentin steht vor dem Professor und blickt ihn neugierig an. »Das war übrigens gerade total spannend. Sie haben ab jetzt eine Zuhörerin mehr in Ihrer Vorlesung.« Sie lächelt kokett und fügt dann hinzu: »Ich heiße Franziska.«

Ihr Lächeln zieht die Mundwinkel bis fast zu den Ohren, registriert Karsten Pollack amüsiert und zwingt sich zu strenger Ansprache: »Soso. Gehe ich recht in der Annahme, dass Sie bisher geschwänzt haben?« Er bemüht sich, seine ernste Miene zu halten, doch aus den Augen blitzt der Schalk.

»Nein, auf keinen Fall«, entgegnet Franziska mit abwehrender Geste. »Ich gehöre eigentlich gar nicht hierher. Ich studiere Psychologie.«

»Aha, eine Überläuferin also. Na, dann schießen Sie mal los! Was wollen Sie wissen?«

»Hat man an der Leiche des Toten Spuren gefunden?«, fragt Franziska unumwunden.

Ohne eine Sekunde zu zögern, pariert der Mediziner mit einer Gegenfrage: »Wie oft in der Woche haben Sie Sex?«

Franziska schießt die Röte ins Gesicht. »Aber … das dürfen Sie gar nicht fragen.«

»Sehen Sie, junge Dame, damit haben Sie auch Ihre Frage beantwortet.«

Franziska fühlt sich zwar wie beim Naschen ertappt, aber so schnell gibt sie nicht auf. Sie gewinnt ihre Fassung wieder und nimmt nun einen Umweg: »Ich habe noch eine allgemeine Frage zur Rechtsmedizin. Was mich schon lange interessiert: Wo und wie lässt sich das Profiling erlernen?«

Pollack legt die Stirn in Falten: »Hm, das ist gar nicht so schnell zu beantworten. Hierzulande heißt das offiziell ›Fallanalyse‹. Die Ausbildung dazu absolvieren zumeist Kriminalbeamte und …« Der Professor schaut auf die Uhr und dann in Franziskas neugieriges Gesicht. Er beschließt spontan, ihren Enthusiasmus zu unterstützen: »Etwas Zeit habe ich noch. Gehen wir in mein Büro einen Kaffee trinken?«

Franziska willigt sofort ein: »Gern, ich habe eine Freistunde«, lügt sie.

»Na, dann mal los.« Karsten Pollack greift sich seinen Laptop, und als die beiden den Vorlesungssaal verlassen, schauen ihnen mehrere Studentinnen neugierig nach und tuscheln.

Der Mediziner wendet sich an Franziska und will wissen, in welchem Semester sie studiert.

»Im vierten. Ich habe aber vor dem Studium schon als Krankenschwester gearbeitet.« Dann sprudelt es aus Franziska heraus: wie sie sich für jeden Patienten Zeit genommen habe, wie sie bemerkt habe, dass kranke Menschen sich eher offenbaren als gesunde, wie der Wunsch in ihr gereift sei, mehr über die menschliche Psyche zu erfahren – die sei nämlich ein Buch mit sieben Siegeln, ein Mysterium.

»Und dann das große Aha, wenn die Maske fällt.« Franziska blickt den Professor mit leuchtenden Augen an. »Ich will das alles lernen, und zwar von der Pike auf. Ich halte nämlich nichts von Küchenpsychologie. Heutzutage therapiert doch jeder an jedem herum.«

»Das ist eine steile These, junge Frau, aber ich ahne, was Sie meinen. Kaum kommt etwas in Mode, so springen alle auf den Zug auf.«

»Eben!«, pflichtet sie ihm bei. »Mittlerweile gehört es ja selbst in den Chefetagen zum guten Ton, sich – wie heißt es so schön? – sich ›coachen‹ zu lassen.«

»Na, Vorsicht. Es gibt auch gute Berater. Ich wäre da nicht ganz so streng. Aber eines muss man Ihnen lassen: Sie machen sich Ihre eigenen Gedanken. Die Dinge zu hinterfragen, kann durchaus nützlich sein.«

Franziska nickt und setzt eine selbstbewusste Miene auf.

Der Rechtsmediziner schmunzelt und mustert seine Begleitung. Wirklich süß die Kleine, geht es ihm durch den Kopf. Sie hat so etwas Spritziges, Spontanes. Und sie ist herzerfrischend geradeheraus.

In Pollacks Büro riecht es nach abgestandenem Kaffee. Der Professor beobachtet, wie Franziska den Blick durch den Raum schweifen lässt: zum Beistelltisch in der Ecke, auf dem sich benutztes Geschirr für zwei Personen befindet, zum Aktenberg, der sich auf dem Boden türmt, bis hin zum Fensterbrett, auf dem noch immer die halbleere Flasche Whisky steht. Karsten Pollack lässt sie in der Schublade seines Schreibtisches verschwinden. Dann nimmt er zwei Kaffeepötte aus dem Sideboard und gießt Kaffee aus der metallenen Thermoskanne hinein.

»Setzen Sie sich doch.« Karsten Pollack weist auf den Besuchersessel. »Und jetzt erkläre ich Ihnen mal alles ganz genau.«

8

Drei Tage zuvor war am Abend des Überfalls auf sie Barbara Eichner in der Zentralen Notaufnahme des Diakonissenkrankenhauses wieder zu sich gekommen. Der Notarzt stellte Fragen, die sie trotz der anhaltenden Benommenheit mühelos beantworten konnte. Allerdings waren ihre Erinnerungen an die letzten Minuten des Heimwegs auf der Carolabrücke stark getrübt. Sie entsann sich zwar, dem jungen Pärchen begegnet zu sein. Was danach passierte, lag jedoch völlig im Nebel. Auch heute noch ist ihr schleierhaft, was genau sich auf der Brücke abgespielt hat.

Ein Schlag auf den Hinterkopf habe sie ausgeknockt, erklärte ihr der Unfallarzt. Seither schläft sie nachts schlecht. Albträume plagen sie und Kopfschmerzen. Dann verspürt sie immer wieder das platzende Gefühl dieses Schlages, das plötzlich auftaucht und fast real wirkt. Sie kann den Aufprall förmlich hören, wenn sie nur daran denkt. Es wird wohl noch eine Weile dauern, bis sie sich von diesem Schock erholt. Vor allem muss sie den Täter finden, der sie so brutal überfallen hat.

Grüblerisch blickt die Kommissarin vor sich hin und nippt am Rooibostee. Sie ist für einige Tage krankgeschrieben und hat sich einen für sie eher seltenen Luxus geleistet: Sie sitzt auf der Sommerterrasse des *Schwarzmarkt Cafés*, ein gleich neben der historischen Markthalle gelegenes, beinahe legendäres Kaffeehaus aus der Gründerzeit. Hier treffen sich Schauspieler, Künstler und Prominente der Stadt.

Die Sonne scheint. Barbara Eichner spürt die wohltuende Wärme auf der Haut. Sie lässt den Blick über den mit Blumenbeeten geschmückten Boulevard der Hauptstraße schweifen. Einheimische und Touristen stromern an den Geschäften und Läden vorbei. Vor der Dreikönigskirche posieren mehrere Japaner für ein Gruppenfoto. Unweit von ihnen spielt ein Osteuropäer in abgetragener Kleidung wehmütige Lieder auf dem Akkordeon. Am Ende der Fußgängerpassage thront protzig der Goldene Reiter.

Ein Spatz ist auf Barbara Eichners Tisch geflattert und pickt die Krümel auf, die von ihrem späten Frühstück übriggeblieben sind. Vom Nachbartisch weht Zigarrenqualm herüber. Die Kommissarin verzieht das Gesicht. Zum Glück ruft der Raucher den Ober heran, um zu bezahlen.

»Haben Sie noch einen Wunsch?«, fragt der Kellner Barbara Eichner, nachdem er den Herrn abkassiert hat.

»Eine heiße Schokolade, bitte.«

»Mit oder ohne Sahne?«

Die Beamtin überlegt eine Sekunde lang. »Mit«, antwortet sie schließlich.

»Kommt sofort, Madam«, antwortet der Kellner mit einer gespielten Verbeugung.

Die Beamtin lächelt ihn an. Wie angenehm, sich mal bedienen zu lassen. Gedankenverloren blickt sie dem Kellner nach. Vielleicht sollte sie öfter ausgehen, etwas Schönes unternehmen. Vor einigen Wochen nahm ihre Nachbarin sie zu einem Konzert im Gorbitzer *Club Passage* mit. Dort spielte die Band Shuriaki Musik aus Osteuropa. Die Sängerin im flammend roten Kleid sang in acht Sprachen, und ihre Begleiter ließen die Finger über Tasten und Saiten tanzen. Einige Leute hüpften herum, und Barbara Eichner klatschte die feurigen Rhythmen begeistert mit.

Vor dem Konzert war die Kommissarin mit ihrer Nachbarin durch Gorbitz gebummelt. Für Barbara Eichner besitzt der Stadtteil einen besonderen Charme. Einst eine slawische Siedlung und heute sozialer Brennpunkt, löst Gorbitz in ihr Erinnerungen an die Zeit vor der Wende aus. Hier hatte ihre Mutter bis Anfang der Neunzigerjahre im Trickfilmstudio der DEFA gearbeitet. Hier stehen die typischen DDR-Plattenbauten, deren Wohnungen damals sehr begehrt waren und die in den Neunzigern modernisiert und farblich aufgefrischt wurden. Und hier am Gorbitzer Hang gab es vor der Wende schon die »Kräutersiedlung«, wo man inzwischen die oberen Etagen abgetragen und die verbliebenen Wohnungen saniert und mit Balkonen oder Terrassen versehen hat. Vor einigen Jahren wäre Barbara Eichner beinahe nach Gorbitz gezogen.

Sie hängt ihren Gedanken nach, als das Handy klingelt. Nach langem Zögern drückt sie auf »Annehmen«.

»Wie geht es Ihnen nach dem Überfall?«, tönt Karsten Pollacks Stimme am anderen Ende der Leitung.

»Gut. Na, sagen wir, den Umständen entsprechend. Hat es sich also schon herumgesprochen?«

»Sie wissen doch, Frau Eichner: Man hat so seine Quellen. Aber ich mache mir ernsthaft Sorgen um Sie. Kann ich was für Sie tun?« Pollack klingt fürsorglich, fast väterlich.

Barbara Eichner ist ein wenig gerührt. »Danke, bloß keine Umstände«, antwortet sie aber betont gelassen. »Ich komme glänzend allein zurecht.«

Der Mediziner bleibt hartnäckig: »Wo sind Sie denn gerade? Kann ich vorbeikommen? Ich würde Ihnen gern etwas zu unserem Fall erzählen.«

Barbara Eichner ist unschlüssig, ob sie jetzt ein Dienstgespräch führen will. Andererseits interessiert es sie brennend, was der Rechtsmediziner herausgefunden hat.

»Die DNA-Analyse steht noch …«

Der Professor unterbricht sie: »Genau das wollte ich Ihnen berichten. Und noch ein paar weitere Details.«

Ungeduldig entgegnet die Kommissarin: »Nun spannen Sie mich doch nicht so auf die Folter!«

»Immer sachte. Sie dürfen sich bestimmt nicht aufregen. Also, wo sind Sie? Zu Hause?«

Die Kommissarin nennt ihm die Adresse des Cafés.

Es dauert keine zehn Minuten, da braust der Professor auf dem Fahrrad heran. Er stellt es direkt neben dem Café ab und zieht eine Mappe sowie eine Packung Kaugummi aus der Fahrradtasche. Beschwingten Schrittes kommt er auf Barbara Eichner zu und steckt sich, wie sie es oft bei ihm beobachtet hat, einen Kaugummi in den Mund.

»Nettes Café.« Karsten Pollack nickt anerkennend mit dem Kopf und setzt sich ihr gegenüber. »Sind Sie oft hier?«

Barbara Eichner nickt: »Hm, gelegentlich.« Sie muss ja nicht zugeben, dass sie ihre freie Zeit überwiegend zu Hause verbringt.

»Weiß man schon, wer Sie niedergeschlagen hat?«, unterbricht Karsten Pollack ihre Gedanken und blinzelt in die Sonne.

Die Kommissarin verneint. Sie habe selbst schon die wildesten Vermutungen angestellt und sei zu keinem schlüssigen Ergebnis gekommen.

»Vielleicht war es jemand aus dem Milieu von diesem Bulang?«, erwägt Pollack.

»Gut möglich, immerhin hat derjenige die Akten des Falls mitgehen lassen.«

Der Mediziner horcht auf: »Die Akten sind futsch?«

Barbara Eichner nickt: »Einschließlich meines Portemonnaies. Es war allerdings nicht viel drin.« Sie denkt mit Bedauern an das vierblättrige Kleeblatt, das ihr ein Verehrer einst geschenkt hatte und das nun, wie der Verehrer zuvor schon, ebenfalls spurlos verschwunden ist. Der ehemalige Freund – ein Dresdner Maler – war vor der Wende in den Westen geflohen, um einer Verhaftung wegen seiner angeblich staatsfeindlichen Bilder zu entgehen. Die Kommissarin hat ihn aus den Augen verloren, doch eines seiner Werke hängt noch in ihrem Arbeitszimmer: eine schwarze Spinne, in deren Netz sich unzählige Menschen verfangen haben.

Barbara Eichner hebt bedauernd die Schultern: »Tja, alles fort. Zum Glück habe ich noch eine Kopie der Akten.«

»Einen großen Milchkaffee.« Pollack wendet sich an den Kellner, der schon seit einigen Sekunden am Tisch der beiden steht. »Groß, bitte«, wiederholt der Professor und hält die Hände weit auseinander, als würde eine ganze Milchkanne dazwischen passen.

Dann beugt er sich über den Tisch zu seiner Kollegin: »Wenn der Überfalltäter so sehr an den Untersuchungen interessiert ist... Meinen Sie nicht, dass er in unseren Mordfall verwickelt sein könnte?«

»Daran habe ich auch schon gedacht. Zumindest wäre es denkbar, dass er im Auftrag gehandelt hat. Der Mörder beschafft sich die Unterlagen beziehungsweise lässt sie ›beschaffen‹.« Die Ermittlerin malt mit dem Zeigefinger Gänsefüßchen in die Luft. »So ist er auf dem Laufenden und kann sich gegebenenfalls irgendwohin absetzen.«

»Warum eigentlich er? Warum nicht sie?« Der Mediziner blättert in seiner Mappe und reicht Barbara Eichner schließlich ein bedrucktes Blatt Papier. »Ich hatte Ihnen ja versprochen ... Und jetzt halten Sie sich fest. Hier steht's schwarz auf weiß: Die fremde DNA am Körper der Leiche ...« Karsten Pollack legt eine seiner geliebten rhetorischen Pausen ein.

»Ja, was denn?« Die Kommissarin schaut Pollack ungeduldig an. »Jetzt spucken Sie es schon aus.«

»Sorry. Ich vergaß. Sie sollen sich ja nicht unnötig aufregen... Also, die DNA am Körper des Toten stammt – von einer Frau.«

»Ach ja? Das ist ja hochinteressant.«

»Wir haben das genetische Material der Frau übrigens schon mit dem Datenbestand der DNA-Analyse-Datei abgeglichen. Leider gab es keine Übereinstimmung. Es wird also schwierig werden, sie zu finden. Wie auch immer. Was diesen Karl Bulang betrifft, haben Sie möglicherweise den Falschen in Verdacht. Oder er ist ein Komplize.«

Die Beamtin hüllt sich in Schweigen. Ihr geht durch den Kopf, dass Torsten Banz nun ebenfalls nicht als Mörder infrage kommt. Eine Mittäterschaft wäre jedoch auch für ihn nicht ausgeschlossen.

»Bestimmt schnappen wir sie bald«, meint der Rechtsmediziner beschwichtigend.

»Wir!«, betont die Kommissarin und weist mit dem Finger auf sich. »Wir schnappen sie. Lassen Sie uns ruhig auch noch was tun …«

Karsten Pollack blickt Barbara Eichner sichtlich konsterniert an, weshalb sie hinzufügt: »Jetzt schau'n Sie doch nicht so enttäuscht drein. Natürlich sind Sie unentbehrlich.«

Der Professor lacht: »Wie heißt das doch gleich? Honig ums Maul? – Aber um noch mal auf unseren Fall zurückzukommen: Wenn mich nicht alles täuscht, lief die Tat etwa so ab …« Sich räuspernd schaut er seiner Kollegin geradewegs in die Augen.

»Ja und? Ich bin ganz Ohr.«

»Danke. Also, was haben wir bisher? Erstens: Ein männliches Opfer, so um die fünfzig. Zweitens: Die Täterin lockt ihn, wie auch immer, in den Wald. Es gibt keine Reifenspuren. Autofahren ist auf den Heidewegen ohnehin nicht erlaubt. Demnach müssen die beiden zu Fuß unterwegs gewesen sein. Dann drittens: Fesseln, Strangulation. Der Todeszeitpunkt des Opfers war übrigens gegen 23.20 Uhr.«

Barbara unterbricht ihn: »Aha. Und viertens: die Puppe im Schoß des Toten. Ja, und schließlich: Das Opfer war nackt, als es gefunden wurde. Von der Kleidung keine Spur.«

»Vielleicht gab es Sexspiele? Oder der Mann wurde erst nach der Tat entkleidet«, sinniert der Mediziner. »Sex am Ameisenhaufen – eine ziemlich kribbelige Angelegenheit.«

Barbara Eichner dreht ihre Tasse in den Händen. »Tja, irgendwie mysteriös. Eine Frau als Täter, ich meine Täterin … Ob die Blöße des Mannes ihr eine Art Genugtuung verschafft hat? Dann hätten wir zumindest Rache als Motiv. Allerdings: Braucht es dazu nicht einiges an Körperkraft?«

»Eben. Sie müsste mindestens so einen Bizeps haben.« Karsten Pollack schiebt den rechten Ärmel seines Hemdes hoch und spannt seinen eher schmalen Oberarm an. Barbara Eichner bricht in Gelächter aus.

»Okay, ist ja gut.« Pollack grinst. »Vielleicht ist die Frau Bodybuilderin? Moment mal, sie hatte dem Mann doch K.-o.-Tropfen verabreicht. Danach konnte er sich also ohnehin nicht mehr wehren. Halten Sie es eigentlich für plausibel, dass es einen männlichen Mittäter gab?«

Die Kriminalhauptkommissarin legt die Stirn in Falten: »Hm, ausgeschlossen ist es nicht.« Sie blickt sinnend auf ihre heiße Schokolade, als Karsten Pollacks Handy klingelt.

Er wirkt angespannt, als das Gespräch beendet ist. »Ich muss weg. Es ist dringend. Schade. Geben Sie das dem Kellner?« Er legt einen Zehn-Euro-Schein auf den Tisch. Beim Aufstehen erklärt er, dass es vor einigen Jahren in der Nähe von Hamburg einen ähnlichen Mordfall gegeben habe. »Die Akten sind bereits unterwegs. Ich melde mich so bald wie möglich. Wie es aussieht, muss ich für ein paar Tage zurück in meine alte Heimat.«

9

Franziska sitzt an einem riesigen Tisch mitten auf einer Lichtung in der Dresdner Heide. Der Tisch ist reich gedeckt: seltene Früchte, erlesene Speisen, vollmundige Weine. Die Luft ist erfüllt von Düften und Aromen, die Franziskas Sinnen schmeicheln.

Nach einer Weile taucht Frank auf der Lichtung auf und setzt sich ihr gegenüber. Die beiden genießen schweigend das Festmahl und trinken Wein aus silbernen Bechern.

Plötzlich, wie aus dem Boden gewachsen, erscheint der Rechtsmediziner am Tisch. Er beobachtet die beiden mit mephistophelischer Miene. Doch ganz allmählich nimmt er die Gesichtszüge und die Gestalt des Joggers an.

Der zaubert eine Flasche Rotwein aus dem Ärmel. Als er die Gläser füllen will, sprudelt das blutrote Getränk in Rinnsalen aus der Flasche. Es ergießt sich über die weiße Weste des Joggers und fließt immer weiter, bis es zu einem mächtigen Strom anschwillt, der durch die Landschaft mäandert.

Franziska entdeckt einen Gegenstand in den blutroten Fluten. Es ist eine nackte, kahlköpfige Puppe, die von einer Woge weggerissen wird.

Was sollte dieser Traum letzte Nacht bedeuten? Lag eine verschlüsselte Botschaft darin? Nachdenklich sitzt Franziska seit etwa zehn Minuten auf der Steinmauer vor dem Studentenhaus *Tusculum*, einer prächtigen Villa in der August-Bebel-Straße 12. Sie wartet auf Frank, der mit einem Freund aus dem Studentischen Fotoclub im Fotoentwicklungslabor beschäftigt ist.

Es ist ein trüber Tag. Die Nachmittagssonne schaut nur selten hinter den Wolken hervor. Am Himmel kreist brummend ein Flieger und hinterlässt einen weißen Streifen. Von der Straße her vernimmt Franziska den schrillen Klang von Fahrradklingeln. Mehrere Radfahrer, die in ihren bedruckten Trikots wie lebende Reklamesäulen wirken, passieren das *Tusculum*. Aus einem offenen Fenster des Gebäudes dringt lautes Stimmengewirr, bis jemand das Fenster schließt.

Für kurze Zeit herrscht Stille, und Franziska taucht ganz in das Flair der Villa Tusculum ein. Sie lässt den Blick über die Fassade des Hauses schweifen. Ihre Augen leuchten. Diese Würde, die das Bauwerk ausstrahlt, diese Eleganz!

Franziska stellt sich vor, die Besitzerin des *Tusculum* zu sein. Sie steht unter dem von Säulen getragenen Dreiecksgiebel. Zahlreiche Gäste strömen auf das Gebäude zu, alles exzentrische Künstler der Dresdner Szene. Franziska erzählt ihnen etwas über die Geschichte des Hauses. Sie kennt sich aus damit; einmal hat sie sogar eine Delegation von Psychologiestudenten aus Brünn durch das Gebäude geführt.

Der Name Tusculum ist abgeleitet von einer alten Stadt der Etrusker. Der Bau ist im spätklassizistischen Stil errichtet worden. Einst war es das Wohnhaus eines Kunstmalers, dann Sitz der Luftwaffe der Wehrmacht. Nach 1945 war eine Malschule darin untergebracht. Später diente es als Gaststätte, Offizierskasino, Club der Intelligenz. Zuletzt erwarb das Studentenwerk die Villa und ließ sie schrittweise sanieren …

»Wartest du schon lange?« Franziska fährt zusammen.

Frank kommt auf sie zu. Hinter ihm fällt die Eingangstür der Villa krachend ins Schloss. »Bist du schon lange hier?«, fragt er noch einmal. Er stellt den Koffer mit der Fotoausrüstung ab, nimmt Franziska in die Arme, und die beiden küssen sich. Dann erzählt Frank von der Fotoserie, die auf seiner Japanreise entstanden ist. Er zieht ein paar Bilder aus dem Koffer und zeigt sie seiner Freundin, die sie staunend betrachtet.

»Die Fotos sind wirklich gut geworden. – Wo du schon überall warst!« Franziska deutet auf die vielen Aufkleber, die den

Fotokoffer schmücken: »Paris, Ljubljana, New York. Und hier Bukarest und Tokyo.«

Frank strahlt Franziska an: »Reisen ist meine Leidenschaft, wie du weißt – gleich nach dir natürlich«, fügt er schnell hinzu. Es gebe so viel zu entdecken, schwärmt er, in fremde Welten eintauchen, andere Lebensweisen erkunden, Kulturen kennenlernen oder einfach mal ein Bier in einer ganz gewöhnlichen Dorfkneipe trinken. Schon als kleiner Junge sei er mit seinem Vater viel verreist, damals, vor dem Studium, als Frank noch in Riesa gewohnt hat. Der Vater habe ihn auch an die Fotografie herangeführt. »Er hat mir erzählt, dass er seine erste ›Westreise‹ nach England unternommen hat«, berichtet Frank schmunzelnd. »In der DDR durfte er ja nicht. Mein Vater wollte nach seinem Englischstudium zur Weiterbildung nach England. Er hatte extra einen Antrag bei der Schulbehörde gestellt.«

Franziska schüttelt den Kopf: »Unglaublich, oder? Da studierst du eine Fremdsprache, und man verbietet dir, in das Land zu reisen, in dem man diese Sprache spricht.«

»Apropos andere Länder: Gehen wir zum Asiaten? Nach der Arbeit in der Dunkelkammer habe ich immer einen Bärenhunger.«

»Du Armer.« Franziska streichelt Franks Bauch. Schließlich fasst sie ihren Freund bei der Hand, und die beiden gehen die August-Bebel-Straße entlang. Sich durch den Verkehr schlängelnd, überqueren sie am Wasa-Platz die belebte Caspar-David-Friedrich-Straße. Ein Auto hupt zweimal. Unbeirrt gehen die beiden weiter und betreten schließlich den *Hot Wok*.

Eine Wolke exotischer Düfte weht ihnen entgegen. Franziska schließt die Augen und schnuppert genüsslich. Dann mustert sie die gemalten Bilder an den Wänden: eine Asiatin mit einem Kind im Arm, ein Hund mit blauer Schnauze und gutmütigem Blick, knallrotes Laub an Bäumen, die eine Allee säumen, hier und da farbenfreudige abstrakte Kunst.

Die beiden setzen sich an einen freien Tisch. Als die Kellnerin kommt, bestellen sie Chop Suey und Jasmintee. Sie reden über Gott und die Welt, und Franziska erzählt von ihrem Traum.

»Meinst du, er hat etwas zu bedeuten?« Sie schaut ihren Freund erwartungsvoll an.

Er halte nicht viel von Traumdeutung. Obwohl die Szene mit dem Blut auf der weißen Weste ja doch symbolträchtig sei.

»Das ging mir auch durch den Kopf.« Franziska legt nachdenklich das Kinn auf den Handrücken des aufgestützten rechten Arms. »Was es bloß mit dieser Puppe auf sich hat?«

»Fetischobjekt?«, schlägt Frank vor. »Gab's nicht mal eine viel beachtete Ausstellung, wo der Künstler Skulpturen aus Puppen zur Schau gestellt hat? Das Werk hieß ›Das Unheimliche‹, wenn ich mich recht erinnere.«

»Sigmund Freud zufolge geht von Puppen etwas Unheimliches aus, weil sie sich auf der Schwelle zwischen Leben und Tod befinden«, sinniert Franziska laut.

Frank nickt: »Das Unheimliche macht Angst … Sag mal, Franziska, weshalb interessierst du dich denn so brennend für diese Puppe? Geht es eigentlich noch um deinen Traum oder um den Mordfall?« Er blickt Franziska prüfend an, die sich betont gleichgültig gibt.

Sie behauptet, ihr Interesse sei rein theoretisch, habe mit ihrem Studium zu tun. Dabei geht ihr durch den Kopf, dass Frank recht haben könnte und man dem Opfer oder jemand anderem Angst einjagen wollte.

»Franziska, sag mal … Du kannst es nicht lassen, oder?« Frank, der den Satz für sein Gefühl ein wenig zu scharf artikuliert hat, fährt milder fort: »Also gut, rein theoretisch gilt die Puppe auch als Sexualobjekt. Hast du schon mal gehört, dass es Leute gibt, die mit Puppen leben? Ich meine, die haben nicht nur Sex mit denen, sondern Puppen sind ihre Partner. Außerdem dient die Puppe als Projektionsobjekt.«

»Ja klar, man überträgt seine Eigenschaften auf sie, auch Erwartungen und Emotionen, um sich nicht selbst damit auseinandersetzen zu müssen.« Franziska streicht sich mit den Fingern über das Kinn.

Die Puppe bei dem Toten sei doch kahlköpfig gewesen, vergewissert sie sich, und was Frank davon halte, dass abgeschnittene oder herausgerissene Haare auf Missbrauch hindeuten.

»Ach ja? Woher weißt du das?«

Franziska stockt. Dann erklärt sie, dass sie es irgendwo gelesen habe. Sie verschweigt Frank, inzwischen zweimal bei Karsten Pollack gewesen zu sein und ihm Löcher in den Bauch gefragt zu haben. Sie hat mit ihm auch über die Haaranalyse in der Forensik und über die Symbolik von Haarfrisuren gesprochen.

Franziska lächelt in sich hinein. Beim letzten Mal hat sie halb aus Interesse, halb aus Langeweile – der Professor unterhielt sich gerade auf dem Gang mit zwei Studenten – einen Blick in seine Akten geworfen, die aufgeschlagen auf einem Beistelltisch neben seinem Schreibtisch lagen. Als sie darin Informationen zu dem Mordfall entdeckte, konnte sie ihre Neugier nicht mehr im Zaum halten.

Was Franziska beim Lesen herausfand, schien sie in einer bisher äußerst gewagten Vermutung zu bestätigen. Demnach ist sie mit ihren Überlegungen auf dem richtigen Weg. Sie nickt fast unmerklich vor sich hin …

»He, wo bist du mit deinen Gedanken? Ziemlich weit weg, vermute ich«, unterbricht Frank ihre Überlegungen.

»Ertappt«, bestätigt sie ihm mit gespielt schuldbewusster Miene. »Ähm, wollen wir zahlen? Ich lade dich ein.«

10

»Dann halten Sie mich auf dem Laufenden, Herr Librach. Ich bin ab dreizehn Uhr wieder im Büro«, verabschiedet Barbara Eichner den Kriminalassistenten und schiebt sich den Rest ihres belegten Brötchens in den Mund.

Paul Librach erhebt sich ächzend von der Parkbank. Zuerst in ein Käsebrötchen in der rechten Hand und dann in ein Salamibrötchen in der linken beißend, schlurft er durch den Brühlschen Garten in Richtung Altstadt.

Die Beamtin ist seit drei Tagen wieder im Dienst und genießt die Mittagspause. Von fern hört sie das gleichmäßige Brummen des Verkehrs und gedämpftes Stimmengewirr. Von Westen her weht ein leichter Wind und fächelt Barbara Eichner kühle Luft ins Gesicht. Zwei erschöpfte Radfahrerinnen haben sich auf einer Bank niedergelassen. Am Himmel schwebt ein mit »Drewag« beschrifteter grün-weißer Ballon.

Gedankenverloren schaut die Kommissarin auf die farbenprächtige Blumenrabatte in der Mitte der Parkanlage. Von dort wandert ihr Blick hinüber zur Kunstakademie, einem der ältesten Ausbildungsorte für Bildende Kunst. Stolz ragt über der Hauptkuppel des Lipsius-Baus, die wegen des gefalteten Glasdachs auch »Zitronenpresse« genannt wird, das goldglänzende Wahrzeichen des Gebäudes: Fama, Göttin des Ruhmes und des Gerüchts.

Barbara Eichner hatte vor einiger Zeit eine Ausstellung in der Akademie besucht, die an die Ereignisse nach der Machtübernahme der Nazis im Jahr 1933 erinnerte. Zu jener Zeit war während eines Festaktes an der Akademie die Hakenkreuzflagge gehisst worden. Tags darauf hatten Studierende der Kunstgewerbeakademie bei einer ähnlichen Prozedur aus Protest gegen den Nationalsozialismus die *Internationale* angestimmt.

Die Ausstellung in der Akademie hatte Barbara Eichner noch lange beschäftigt. Es war ihr durch den Kopf gegangen, wie relevant die Geschehnisse während der Nazi-Zeit noch immer waren. Sie dachte daran, dass einige Wochen zuvor Studierende der Kunstakademie gegen die Bibliotheksleiterin protestiert hatten, die für eine rechte Partei kandidierte …

»Idyllisch hier, was?« Plötzlich steht Karsten Pollack vor Barbara Eichner. Er hält in jeder Hand einen Pappbecher mit Eiskaffee. »Ist noch frei bei Ihnen?« Ohne ihre Antwort abzuwarten, setzt sich der Professor und reicht ihr einen der Becher. »Tee hatten sie nicht«, meint er entschuldigend und nippt an dem Getränk.

»Danke. Dienstreise beendet?« Barbara Eichner schaut den Rechtsmediziner prüfend an.

»Eher was Privates«, deutet Pollack an und schweigt.

»Woher wussten Sie eigentlich, dass ich …«

»Ich dachte mir, Sie hier zu finden. Pünktlich zwölf Uhr legt der Beamte seine Akten beiseite und um Viertel nach zwölf – oder wie ihr hier sagt: um viertel eins – sitzt er, vielmehr sie entweder am Mittagstisch oder im Grünen. Dort, wo ich herkomme, ist es übrigens auch so. Nur einen Park gab es nicht in der Nähe meines Büros.«

»Da haben wir ja was Gemeinsames. Die Gehälter allerdings …«, deutet die Kriminalhauptkommissarin an und trinkt ebenfalls einen Schluck.

»Tja, Dresden ist eben nicht Hamburg.«

Die Beamtin verkneift sich die Frage, warum er dann hergezogen ist.

»Ich wollte so weit weg wie möglich von meinem alten Leben«, sagt der Medizinprofessor, als könnte er Gedanken lesen. »Im Übrigen kannte ich den Osten schon. Ich habe kurz nach der Wende als Gastdozent an der Leipziger Uni gearbeitet. Das war eine spannende Erfahrung für mich, hautnah dran zu sein und die Aufbruchsstimmung mitzuerleben. Die vielen biografischen Brüche sah ich als Chance für die Menschen hier, etwas Neues zu beginnen. Bei uns im Westen bewegte sich doch schon lange nichts mehr.«

Ob er meine, dass sich seit damals im Osten viel verändert habe, will sie wissen.

Die Luft sei sauberer und die Städte seien attraktiver geworden. Von der Aufbruchsstimmung und der Hoffnung auf eine bessere Zukunft spüre Pollack allerdings nichts mehr. Trotzdem sei er froh, in Dresden zu sein.

»Ich brauche hin und wieder mal frischen Wind. Bisher bin ich mindestens ein Dutzend Mal umgezogen.«

»Es gibt ja Leute, denen es unterdessen peinlich ist, hier zu leben«, wirft Barbara Eichner ein.

Der Professor schaut dem Ballon hinterher, der allmählich kleiner wird. Dann dreht er sich zu ihr und sieht ihr direkt in die Augen. Sie wendet irritiert den Kopf ab.

»Tatsächlich?«, fragt Pollack zufrieden schmunzelnd. »Wegen Pegida und Co? Ihre Parolen sind einfach nur pauschal und primitiv. Ha, von wegen ›Islamisierung des Abendlandes‹, ›Alles nur Wirtschaftsflüchtlinge‹, ›Sachsen bleibt deutsch‹. – Mein Gott, grade hier gibt's doch kaum Ausländer. Aber zum Glück hat man ja neue Sündenböcke gefunden: Asylsuchende. Die müssen jetzt für alles herhalten, selbst für den Fliegenschiss an der Wand. So einfach ist das für manche. Oder sieht das eine Staatsangestellte anders?«

Barbara Eichner denkt an die montäglichen Kundgebungen in der Altstadt: wütende Bürger, die Deutschlandfahnen und Plakate schwingen mit Slogans wie »Meine Heimat bleibt deutsch«, dazu Hasstiraden gegen Geflüchtete, Gewalt gegen Presseleute. Polizisten stehen in kleinen Trupps am Rand des Geschehens. Wie viele von ihnen wohl mit rechtem Gedankengut sympathisieren?

Letzte Woche wurde dieser Spurensicherer – wie heißt er doch gleich? –, Roland Knauf, vom Dienst suspendiert. Die Sache ging sogar durch die Presse. Knauf hatte rechtsradikale Witze an zwei Kollegen gepostet. Auf eine Anzeige hin war sein Dienstzimmer durchsucht worden, wo man ein ganzes Arsenal an Nazi-Devotionalien fand. Jetzt beschäftigt sich die Staatsanwaltschaft mit seinem Fall. Genaues weiß Barbara Eichner nicht, aber anscheinend wird gegen ihn der Vorwurf erhoben, öffentliche Interessen gefährdet zu haben, ein schwerwiegender Verdacht.

Mit krausgezogener Stirn blickt Kommissarin Eichner ihren Kollegen an: »Zu komplex – das ganze Thema. Aber wir können es gern irgendwann einmal diskutieren. Nur gibt's grad noch Wichtigeres …«

»Heute Abend? *Taste of India* steht ja noch aus. Oder lieber eine Szenekneipe? In der Neustadt, da wo ich wohne, gleich um die Ecke ist doch die *Planwirtschaft*. Anscheinend die einzige sozialistische Planwirtschaft, die ihr ›herübergerettet‹ habt.«

Die Kommissarin verzieht leicht spöttisch den Mund: »Na ja, Herr Professor, so alt ist die Kneipe ja noch gar nicht. Es gibt sie erst seit der Wende.«

»Dann ist sie ja mit fast dreißig in den besten Jahren. Aber egal, Planwirtschaft ist Planwirtschaft. Waren eure Behörden damals nicht überzeugt davon, dass die Bedürfnisse der Menschen vorhersehbar sind? Also, ich sehe nicht mal den eigenen Appetit voraus. Zum Beispiel heute Abend … Sie kommen doch? Zwanzig Uhr? Zünftig mit DDR-Soljanka und Moskauer Eis? Heutzutage braucht man ja wohl keine besonderen Kontakte mehr, um reinzukommen, wie es früher mal Usus war – hab ich mir zumindest sagen lassen. Also, einverstanden oder ja?« Karsten Pollack trinkt seinen Kaffee in einem Zug aus und sieht Barbara Eichner erwartungsvoll an.

»Vielleicht. Aber deshalb sind Sie ja wohl nicht extra hergekommen?«

»Und wenn? Nein, es geht um den Hamburger Mord vor etwa zehn Jahren. Ich hatte das ja schon neulich angedeutet. Die Unterlagen müssten inzwischen da sein.«

Die Kommissarin schüttelt den Kopf: »Bei mir ist nichts eingegangen.« Sie taxiert den Rechtsmediziner sekundenlang mit undurchdringlicher Miene.

Der Mediziner tut so, als habe er den Blick nicht bemerkt: »Tja, die Behördenuhren ticken eben langsam.« Er stöhnt. »Ich werde mich mal darum kümmern. Irgendwo müssen die Akten doch geblieben sein.«

»Und was hat es nun eigentlich mit dem Hamburger Mord auf sich?«, erkundigt sich Barbara Eichner.

»Soweit ich mich erinnere, gibt es da gewisse Parallelen zu unserem Fall, vor allem, was die Tatumstände betrifft: Beide Opfer sind männlich. Man findet sie weit draußen am Stadtrand. In beiden Fällen ist der Tote unbekleidet und hat eine Puppe mit herausgerissenen Haaren im Schoß. – Übrigens: Die Hamburger Leiche wurde im Waldpark Marienhöhe entdeckt, traumhafte Gegend.« Der Professor erwähnt beiläufig, er habe mehr als zehn Jahre in diesem Stadtteil gewohnt.

Barbara Eichner mustert ihn von der Seite: »Erzählen Sie mir von dem Mordfall in Hamburg.«

Karsten Pollack schüttelt den Kopf. Man habe in alle Richtungen ermittelt – leider ohne Erfolg. Eine Zeugin habe den Toten im Wald gefunden und zwei »verdächtige Personen« in unmittelbarer Nähe des Fundortes in ein Auto steigen sehen, die sich jedoch als harmlose Ausflügler herausstellten. »Am Opfer waren keine fremden DNA-Spuren feststellbar. Der Mörder oder die Mörderin muss Handschuhe getragen haben. – Was, wenn hinter beiden Morden dieselbe Täterin oder derselbe Täter steckt? Es wäre natürlich auch möglich, dass es sich in Dresden um einen Nachahmungsfall handelt.«

»Wer weiß? Die Mörderin könnte inzwischen den Wohnort gewechselt haben – so wie Sie. Gibt es etwa eine geheime Verbindung zwischen Ihnen und der gesuchten Person?«, foppt ihn die Kommissarin.

»Oh, danke. Wirke ich Ihrer Meinung nach so anziehend auf dunkle Gestalten, dass sie mir überallhin folgen?«, fragt Karsten Pollack mit sonorer Stimme und registriert dann: »Sie lacht, wenigstens ein bisschen, mich an oder aus? Ach, was frage ich da?«

Der Rechtsmediziner zieht einen Kaugummi aus seiner Hosentasche. Barbara Eichner schaut mit starrem Blick darauf, als handele es sich um eine verbotene Droge oder ein belastendes Indiz.

Der Professor fährt fort: »Die Zeugin – sie konnte sich damals nicht ausweisen. Angeblich sei ihr Portemonnaie mit allen Papieren gestohlen worden. Sie hinterließ aber Namen und Adresse für den Fall, dass man sie nochmals befragen müsse.«

»Und? Kam es dazu?«

»Leider nicht. Jetzt kommt's nämlich: alles Fake. Die Frau existierte gar nicht. Sie war nirgendwo gemeldet. Unter der angegebenen Adresse lebte eine Familie, die mit der Beschreibung der Frau nichts anfangen konnte. Es war wie verhext. Obwohl man alle Hebel in Bewegung setzte, blieb diese Zeugin spurlos verschwunden.«

»Merkwürdig.« Die Kommissarin legt grübelnd die Stirn in Falten.

Am Himmel ist der Ballon verschwunden. Stattdessen dreht ein Hubschrauber eine Schleife über der Stadt. Mit halbem Ohr vernimmt Barbara Eichner den Lärm. Ihre Gedanken sind anderswo. Ein seltsamer Gedanke geht ihr durch den Kopf, der mit Karsten Pollack zu tun hat und den sie einstweilen besser für sich behält. Dabei handelt es sich um einen eher vagen Verdacht, der jedoch, konsequent verfolgt, in eine Hypothese münden könnte, die gar nicht so abwegig ist. Falls sich ihre Annahme tatsächlich als zutreffend erweisen sollte, hätte das für den Rechtsmediziner allerdings schwerwiegende Konsequenzen.

Sie muss sich unbedingt die Hamburger Akten beschaffen. Vielleicht liegen sie ja bei der Staatsanwältin, oder es hat sie jemand versehentlich in die Finger bekommen. Vielleicht hat man sie aber auch bewusst beiseite geräumt. Wer könnte das sein? Wer hätte ein Interesse daran, ihre Nachforschungen zu boykottieren? Und weshalb kursieren seit einigen Tagen Gerüchte über Karsten Pollack, die den Hamburger Fall betreffen?

Eine Anschuldigung habe es damals gegen ihn gegeben, einen belastenden Vorwurf, der jedoch am Ende wieder fallengelassen wurde, sicher zu Recht. Gewiss waren da Mobbing und Verleumdung im Spiel. Oder die Hamburger Kollegen agierten allzu loyal gegenüber Pollack, deckten ihn sogar? – Andererseits: Ist es nicht der Professor gewesen, der sie überhaupt erst auf die Spur des Hamburger Mordfalls gebracht hat?

Die Kommissarin betrachtet halb skeptisch, halb bekümmert den erzählenden Kollegen. Dann wandert ihr Blick langsam zur Skulptur der Göttin des Gerüchts hinauf.

11

In der Dresdner Hofkirche wird der Gottesdienst eingeläutet. Begleitet vom volltönenden Klang der Turmglocken beschleunigt Karsten Pollack das Tempo. Wie fast jeden Sonntag hat er sich in den Morgenstunden aufgemacht, um an der Elbe entlangzuradeln. Rechts von ihm erstreckt sich die Neustadt, unweit des Radwegs das Japanische Palais, gefolgt vom Hotel *Bellevue*. Linkerhand, am südlichen Elbufer, reihen sich historische Bauten aneinander wie an einer opulenten Perlenkette: Katholische Hofkirche, Semperoper, Sächsischer Landtag, Erlweinspeicher, Internationales Kongresszentrum, ganz hinten die farbig verglaste Kuppel und das Minarett der ehemaligen Zigarettenfabrik Yenidze.

Eine kühle Brise umfängt Karsten Pollack. Am Himmel driften gräulich-weiße Wolken dahin. Hier und da lugt ein Fetzen Blau aus dem Dunst hervor. Die Sonne bleibt hinter den Wolkenschleiern verschwunden. Der Spätsommertag verspricht nicht so heiß und schwül zu werden wie die vergangenen Tage und Wochen.

Der Elberadweg ist fast menschenleer. Unten am Fluss hat eine Fotografin ihr Stativ aufgebaut und macht Aufnahmen von der Skyline am gegenüberliegenden Elbufer. Karsten Pollack überholt zwei Läufer, von denen einer einen Kinderwagen vor sich herschiebt und telefoniert. Dieses Multi-Tasking ist kompletter Unsinn, denkt sich Pollack. Schon mal was von Reizüberflutung und Bournout-Gesellschaft gehört?

Schnell hat der Rechtsmediziner den Läufer wieder vergessen. Er ist ganz auf die Bewegung seiner Beine und das Schnurren der schmalen Räder fixiert und genießt die morgendliche Atmosphäre. Sie hat eine Art jungfräuliche Reinheit, die dann im Laufe des Tages dem urbanen Lärm, Dreck und Gestank weichen muss. Als wollte er dieser Verschmutzung rechtzeitig entfliehen, tritt Pollack nun kräftig in die Pedalen. Schweiß steht ihm auf der Stirn und fließt in kleinen Rinnsalen über seine Wangen. Das T-Shirt ist klatschnass und klebt an seinem Oberkörper wie eine zweite Haut.

Ein echter Mann riecht nach Benzin und Schweiß, pflegte sein Vater zu predigen. Viel mehr hat er seinem Sohn nicht beigebracht. Pollack bekam den Vater kaum zu Gesicht. Und wenn dieser nach Tagen der Abwesenheit einmal zu Hause auftauchte, um Geld aus der Haushaltskasse zu »tanken«, stank er meist nach alten Weibern, billigem Fusel und Qualm.

Verdammte Erinnerung! Glücklicherweise liegt dieses leidige Kapitel Jahrzehnte zurück. Der Alte hatte sich, als Karsten Pollack achtzehn war, aus dem Staub gemacht. Die Mutter heiratete noch einmal. Der Neue war acht Jahre jünger als sie, ein Medizintechniker aus Bochum: solider Mann, unspektakulär, zuverlässig und treu.

So wie Pollacks Freund Sascha Wolkow. Der Medizinprofessor lernte den Russen während eines Fahrradtrips nach Meißen kennen. Karsten Pollack hatte eine Panne und Sascha Wolkow, der zufällig vorüberkam, unterstützte ihn dabei, den Schaden zu beheben. Die beiden verstanden sich auf Anhieb. Pollack kam es vor, als würden sie einander schon eine Ewigkeit kennen. Seither unternehmen sie ab und zu gemeinsame Touren.

Einmal hatte Wolkow den Rechtsmediziner zu einer Party in die russische Community mitgenommen. Karsten Pollack wurde lautstark mit Wodka begrüßt. »Na sdorowje!«, tönte es von allen Seiten und eine rundliche Frau reichte ihm selbstgebackene Eierkuchen: »Bliny. Schmecken gut.«

Einige der Gäste sprachen nur wenig Deutsch, und Wolkow übersetzte. Der Professor erfuhr, dass die meisten von ihnen – Russen, Russlanddeutsche und Ukrainer – vor vielen Jahren nach

Dresden gekommen waren. Seither ist die Community ihre zweite Heimat.

»Sie lieben die Deutschen. Und sie haben nichts gegen Bulgaren oder Ungarn. Italiener auch okay … Nur Asylsuchende – einige von ihnen wollen die nicht. Konkurenzija, wenn du mich fragst«, flüsterte Wolkow dem Rechtsmediziner zu.

Heute ist der Mediziner mit dem Freund zum Frühschoppen im Garten des Übigauer Schlosses verabredet. Zuvor will der Professor unbedingt noch die ehemalige Schiffswerft besuchen, die mehrere Jahre lang zum UNESCO-Welterbe gehörte. Er möchte ein paar Fotos von dem achtzehn Meter hohen Drehkran und den Resten der am Elbufer gelegenen Slipanlage schießen. Und dann will er noch in die verfallenen Fabrikhallen, um nach Spuren der ostdeutschen Vergangenheit zu suchen.

Obwohl er nicht von hier stammt, schwelgt Karsten Pollack hin und wieder gern in DDR-Nostalgie. Er liebt den besonderen Charme maroder Gemäuer, aus deren Mauerritzen das frische Grün hervorsprießt. Er liebt diese alten, verwitterten Steine, die Zeugnis ablegen und Geschichten erzählen.

Vor drei Wochen war der Rechtsmediziner schon einmal in Übigau gewesen. Er hatte duftendes Fladenbrot in der *Özy Bakery* gekauft und fuhr dann den schmalen, mit Kopfsteinen gepflasterten Elbweg entlang. Dort entdeckte er in die Sandsteine geritzte Initialen und Jahreszahlen. Auf manchen Steinen erkannte er Schiffsanker, auf anderen Frauenköpfe. Fasziniert stieg Pollack vom Rad und fuhr mit dem Zeigefinger, in Phantasien schwelgend, die eingekerbten, archaisch anmutenden Frauenköpfe nach. In die muss er wohl vernarrt gewesen sein …

Der Professor schmunzelt in sich hinein. Er zwinkert den bronzenen »Drei Grazien« zu, die am Brunnen vor dem Hotel *Bellevue* posieren. Gut modelliert die Damen. Chapeau, Herr Wanitschke! Eine der nackten Schönheiten erinnert den Rechtsmediziner an eine verflossene Geliebte. Schnell radelt er weiter und passiert nach einer knappen Minute den Glockenspielpavillon. Pollacks Blick streift das exotische, an den Hut einer Japanerin erinnernde Dach, als von den Meißner Glocken ein Stück von Mozart erklingt.

Der Professor pfeift die Melodie mit und tritt beschwingt in die Pedale, bis er nach etwa einhundert Metern jäh aus seinem holprigen Takt gerissen wird. Kurz vor der Marienbrücke erscheint eine junge Frau mitten auf dem Radweg. Sie baut sich breitbeinig und mit seitwärts ausgestreckten Armen auf. Pollack zieht mit voller Wucht die beiden Handbremsen, bis die Räder blockieren und sich querstellen. Um nicht die Balance zu verlieren, springt er vom Rad und brüllt: »Sind Sie von Sinnen? – Was soll das?« Seine Worte gehen im donnernden Lärm eines Intercity-Zuges unter, der über die Marienbrücke in Richtung Hauptbahnhof fährt.

»Ach, kommen Sie, ein kleiner Adrenalinschub am Morgen weckt doch die Lebensgeister.« Die Frau tritt an den Rechtsmediziner heran, der jetzt in ihr die Journalistin Susanne Braun erkennt. Er mustert sie mit deutlichem Missfallen: Grell geschminkte Augen und Lippen, die in starkem Kontrast zu der weißen Gesichtsfarbe stehen. Eine aufgedonnerte Frisur schwarz gefärbter Haare. Die ausladenden Hüften tragen einen weiten Rock, der zu kurz ist, als dass er ihre kräftigen Beine dezent verhüllen könnte.

Wie hat ihn diese aufdringliche Frau bloß gefunden? Spioniert sie ihm etwa hinterher? Wundern würde es Pollack nicht. Ihr Ruf als skrupellose Schnüfflerin und Skandal-Journalistin eilt Frau Braun voraus.

»Ich hatte meine Adrenalindosis bereits, und zwar letzte Nacht, die ich mit entzückenden Damen verbringen durfte«, erklärt der Professor ironisch. »Sie sehen, ich liefere Ihnen gleich Futter für die Boulevard-Presse. Oder haben Sie es inzwischen in eine höhere Liga geschafft?«

Die Journalistin lässt sich nicht beirren und setzt eine mitleidige Miene auf: »Dann haben Sie ja gar nicht geschlafen, Sie Ärmster.«

»Kommen Sie zur Sache oder gehen Sie gefälligst aus dem Weg.«

»Ich habe recherchiert. Und zwar über Sie.«

»So? Es ist weiß Gott keine Ehre, ausgerechnet Ihr Interesse geweckt zu haben. Und jetzt bewegen Sie Ihren hübschen ...«, er taxiert kurz das pralle Hinterteil der Journalistin, »Arsch mal beiseite.« Er setzt den Fuß auf die Pedale und will weiterfahren.

»Aber nicht doch so eilig, Herr Professor. Mich würde schon etwas brennend interessieren.« Nach einer kurzen Pause, während der Susanne Braun ihre breite Absperrung sichtlich genießt, fährt sie mit eindringlichem Unterton in der Stimme fort: »Ihre letzte Arbeitsstelle war doch in Hamburg, richtig? Weshalb sind Sie eigentlich hierher gezogen? An der Bezahlung kann es ja wohl nicht gelegen haben.«

Ohne sich seine Irritation anmerken zu lassen, antwortet Pollack, dass sie das nichts angehe. Doch eine ganze Lawine Erinnerungen droht, ihn zu überrollen. Verdammt, von dieser drittklassigen Schreibtussi lässt er sich nicht weiter aufhalten. Also tritt er in die Pedale und fährt in einem eleganten Schlenker um sie herum.

»Dieser mysteriöse Mord vor zehn Jahren. Dämmert da was? Man hat Ihre Spuren gefunden, nicht wahr?«, ruft Susanne Braun hinter ihm her.

Karsten Pollack zuckt zusammen. Wie, um alles in der Welt, ist diese Schnüfflerin an vertrauliche Daten der polizeilichen Ermittlungen gelangt? Hat sie vielleicht etwas damit zu tun, dass die Hamburger Akten in der hiesigen Polizeidirektion tagelang nicht aufgetaucht sind?

Dieser unselige Fall damals ist noch heute für den Rechtsmediziner ein Albtraum. Die Sache hätte ihn beinahe die

Karriere gekostet. Ach was, seine nackte Existenz stand auf dem Spiel. Und weshalb? Wegen einer Unerheblichkeit, einer Bagatelle. Das *Corpus Delicti*, auf das Susanne Braun anspielt, war ein lächerlicher Kaugummi, an dem Pollacks DNA sichergestellt wurde – völliger Unsinn. Da wollte man ihm etwas anhängen. Im Grunde kaut der Professor ständig, wegen der konzentrationssteigernden Wirkung. Außerdem: Woher wollte jene unterbelichtete Hamburger Spurensicherin wissen, wann Pollack den Kaugummi ausgespuckt hatte? Sie behauptete steif und fest, er habe sich bereits am Tatort befunden, als die SpuSi eintraf. Es war die reinste Farce – und letzten Endes die Unterstellung einer auf dem Abstellgleis gelandeten vertrockneten Jungfer, die um allgemeine Aufmerksamkeit buhlte. Glücklicherweise wurde dieser absurde Verdacht gegen ihn alsbald fallengelassen. Aber etwas blieb. Etwas bleibt immer.

Wütend rast der Professor seinem Ziel entgegen. Doch er hat keinen Blick für das romantisch gelegene Übigau, das sich etwa zwei Kilometer von ihm entfernt im weit ausladenden Elbebogen befindet. Selbst die Freude auf das Treffen mit Sascha Wolkow ist wie weggeblasen. »Scheiß Weiber!«, flucht er vor sich hin.

Am Himmel haben die Wolken eine dunkelgraue Färbung angenommen. Regentropfen zerplatzen auf Pollacks Haut.

Als er die stählerne Molenbrücke vor der Mole des Pieschener Hafens überquert, passiert er eine Gruppe Touristen, die fröhlich plaudernd den imposanten Pylon betrachten.

Der Blick des Professors streift für den Bruchteil einer Sekunde einen jungen Mann, der ihn im grauen Licht des Vormittags an den gesuchten Jogger auf dem Phantombild erinnert. Sofort kommt dem Rechtsmediziner der Hamburger Fall wieder in den Sinn. Vor Pollacks innerem Auge tauchen Flashbacks auf, und mit einem Mal erscheint das Bild der Zeugin, die damals nicht mehr auffindbar war – ein Moment des Erstaunens, denn plötzlich fällt es Pollack wie Schuppen von den Augen …

12

Über der Dresdner Heide thront der Vollmond am schwarzblauen Himmel. Um ihn herum leuchten unzählige Sterne. Franziska erkennt Orion im Zenit über sich. Sie biegt von der Landstraße nach Langebrück links ab und bremst. Dann schiebt sie das Fahrrad bis zum Zaun der Hofewiese und lehnt es an die morschen Zaunlatten.

Die letzten paar Meter legt sie zu Fuß zurück. Wie eine Katze schleicht sie über den holprigen Feldweg in Richtung Wald. Sie tastet sich vorwärts, alle paar Schritte vorsichtig um sich schauend, fast wie im echten Krimi, nur ohne Pistole in der Hand.

Franziska lauscht. Der nächtliche Wald vor ihr hat etwas Gespenstisches. Hinter jedem Rascheln von Blättern, jedem Knacken eines Astes, dem plötzlichen Schrei eines Vogels scheint Gefahr zu lauern. Ein leichter Schauer fährt ihr durch den Körper. Im Dunkeln sieht die Dresdner Heide gruselig und unheilvoll aus. Die Bäume sind hässliche Gestalten, die jeden Moment drohen, ihre Wurzeln aus dem Erdreich herauszureißen und auf Franziska zuzustürzen.

Soll sie doch besser umkehren? Noch ist es nicht zu spät. Vielleicht hätte sie die Warnung ihres Freundes ernst nehmen sollen. Frank war entsetzt, als Franziska ihr Vorhaben gestern Abend beiläufig am Telefon erwähnte, als handele es sich um eine alltägliche Angelegenheit.

»Bist du wahnsinnig? Das könnte wirklich gefährlich werden.« Frank bot sich an, Franziska wenigstens zu begleiten.

»Ich bin schon groß und kann auf mich aufpassen. Nein, das ziehe ich allein durch. Aber danke trotzdem«, lehnte sie mit entschiedener Stimme ab. Einerseits wollte sie Frank nicht mit hineinziehen. Andererseits gab es ihr – auch wenn sie es sich ungern eingestand – ein gewisses Gefühl von Sicherheit, den Freund in die geplante Aktion eingeweiht zu haben.

Vor einer Woche hatte Franziska eine Anzeige ins Netz gestellt und eine Notiz im *Dresdner Stadtanzeiger* veröffentlicht, sie habe ein Medaillon in der Nähe der Hofewiese gefunden. Der Besitzer oder die Besitzerin solle sich bei ihr melden. Ihren Namen verschwieg sie. Sie gab nur eine E-Mail-Adresse an, die sie extra für ihre Mission neu erstellt hatte – sicher ist sicher. Heute Vormittag wurde sie dann von jemandem unter dem Codenamen »Felix« kontaktiert. Sie solle um zweiundzwanzig Uhr zum Fundort kommen, allein.

War es richtig, die Polizei außen vor zu lassen? Im Grunde enthält Franziska der Kommissarin ein Beweisstück vor. Aber ist sie für die Arbeit der Polizei zuständig? Wohl kaum. Es war schließlich die Aufgabe der Spurensicherer, Beweismittel festzustellen. Weshalb haben sie nicht besser hingeschaut? Nein, Franziska wäscht ihre Hände in Unschuld, und am Ende wird ohnehin niemand von dem Fund erfahren.

Anfang der Woche hatte man Franziska und Frank noch einmal in die Polizeidirektion bestellt. Für eine »Wahlgegenüberstellung«, wie es im offiziellen Schreiben hieß. Die Beamten führten die beiden in den Zeugenraum. Dort wurden dem Paar hinter einer halbdurchlässigen Glasscheibe vier Männer präsentiert, die sich in einer Reihe aufstellen mussten. Sie waren etwa gleich alt, hatten eine ähnliche Statur und trugen Jogginganzüge. Ob sie in einem von ihnen den Jogger wiedererkennen würden, erkundigte sich der dicke Kriminalassistent.

Franziska und Frank schauten sich die Männer lange an. Keiner von ihnen war den beiden jemals begegnet. Die Kriminalhauptkommissarin hatte offensichtlich den Falschen hinter Gitter gebracht.

Franziska lächelt vor sich hin. Augenscheinlich hatten die Beamten bisher nicht gerade Erfolg bei ihren Ermittlungen.

Die Suche nach dem Jogger wird also weitergehen. Ihre Finger umklammern das Medaillon, dann betrachtet sie es wie ein kostbares Juwel. »Mir wirst du nicht entgehen. Ich hab dich in der Hand. Das ist so sicher, wie du nicht Felix heißt.«

Franziska hat in den letzten achtundvierzig Stunden kaum geschlafen. Sie hat Tag und Nacht mit Recherchen verbracht: Psychopathologie, abnormes psychisches Verhalten, die krankhaften »Entgleisungen« von Menschen. Deren dunkle, für andere zumeist verborgene Seelenseite ist ein Faszinosum, das Franziska von jeher zu ergründen versucht. Am Ende hat sich die Arbeit gelohnt. Sie ist fündig geworden. Sie ist auf wichtige Hinweise gestoßen, die mit großer Wahrscheinlichkeit eine am Mordfall beteiligte Person betreffen könnten, wenn nicht sogar die entscheidende Person.

Franziska verlangsamt ihre Schritte. Plötzlich verharrt sie kurz vor dem Waldrand und lauscht. Im Gebüsch ist ein Knistern zu hören, dann das Knacken eines Astes. Füße tappen auf raschelndem Laub. Ein Stück weiter links, in Richtung Hofewiese, tritt eine Gestalt aus dem Gestrüpp. Sie nähert sich Franziska schnellen Schrittes. Zuletzt bleibt die Gestalt wenige Meter vor ihr am Waldrand stehen.

Franziska richtet die Taschenlampe auf die Person und erkennt einen mittelgroßen Mann, der offenbar denselben Jogginganzug trägt, wie bei ihrer ersten Begegnung. Unter der Kapuze seiner Jacke lugt eine dünne, rötlich-blonde Haarsträhne hervor. Seine Augen sehen im Licht der Taschenlampe hellgrau aus. Die Haut wirkt durchsichtig und fahl.

Sie glaubt, Angst in seinen Gesichtszügen zu erkennen – vielleicht davor, dass sie zu viel wissen könnte? Gut möglich. Angst vor der Nacht? Wenn sie ehrlich ist, fürchtet sie sich ja selbst.

»Sie haben etwas, das mir gehört.« Seine hohe, weiche Stimme vibriert.

»Es war gar nicht so leicht, Sie ausfindig zu machen.« Franziska mustert die drahtige Gestalt des Mannes. Schließlich geht sie auf ihn zu und reicht ihm das Medaillon: »Sie hängen daran, nicht wahr?« Der Mann nickt.

»Sie müssen es neulich beim Joggen verloren haben.«

»Nein, ich vermisse es schon länger. Das hier ist meine Laufstrecke.« Der Mann zeigt auf den Waldweg, der in Richtung Dresden Klotzsche führt. Dann öffnet er kurz das Medaillon und schließt es wieder.

Das Foto darin hat Franziska immer wieder betrachtet. Sie hatte dafür extra eine Lupe gekauft. Es zeigt ein Mädchen mit rötlich-blonden Haaren und hellgrauen Augen. Das Mädchen sieht traurig aus. In der Hand hält es eine Puppe, eine nackte Puppe, der die Haare herausgerissen wurden.

»Meine Schwester«, sagt der Mann leise. »Sie war wie ein Teil von mir.«

»War?«, fragt Franziska.

»Sie ist tot, schon lange.« Er spricht mit tonloser Stimme.

Franziska zögert. Dann sagt sie wie nebenbei: »Sie lebt.«

Der Jogger schaut Franziska mit weit aufgerissenen Augen an: »Wie können Sie so etwas behaupten?«

»Sie lebt. Ich weiß es«, wiederholt Franziska mit Nachdruck.

Ein erstickter Schrei entfährt dem Jogger. »Du lügst!«, brüllt er. Mit einem Mal hat seine Stimme einen harten, dunklen Klang.

Franziska richtet die Taschenlampe auf sein Gesicht. Die sonst grauen Augen des Mannes haben eine bräunliche Färbung angenommen. Wusste ich's doch, denkt Franziska triumphierend. Aber, oh Gott, was soll das? Der Jogger zieht blitzschnell einen Draht aus der Jacke und springt hinter Franziska. Mit zitternder Hand tastet sie nach dem Pfefferspray in ihrer Hosentasche, doch der Mann hat ihr den Draht schon um den Hals geschlungen.

Da, im rückwärtigen Gebüsch knackt es, und Frank kommt aus dem Hinterhalt herangestürmt. Er versetzt dem Jogger einen Schlag auf den Kopf. Der lässt den Draht fallen, strauchelt und bricht zusammen.

»Frank, wo kommst du denn her?« Franziska atmet erleichtert auf.

»Dich kann man ja nicht allein lassen!« Franks Stimme klingt vorwurfsvoll. »Sag mal, welcher Teufel hat dich bloß geritten, allein mitten in der Nacht hier aufzukreuzen? Hab ich dich nicht gewarnt?«

»Ist ja gut«, versucht Franziska ihn zu beruhigen. »Es ist doch nichts passiert«, murmelt sie. Sie geht vorsichtig auf den reglos am Boden liegenden Mann zu. Dann stößt sie ihn leicht mit dem Fuß an. Als der Jogger nicht reagiert, beugt sie sich zu ihm herunter und tastet den Körper ab. Zuletzt nimmt sie ihm das Medaillon aus der Hand.

»Bist du jetzt von allen guten Geistern verlassen?« Frank packt seine Freundin ziemlich unsanft am Arm und zerrt sie hinter sich her: »Los, lass uns abhauen!« Dann bleibt er abrupt stehen: »Warte mal, wir müssen die Polizei rufen.«

»Muss das sein?«, protestiert Franziska. »Ich wollte eigentlich selber …«

»Hast du immer noch nicht genug?«, empört sich ihr Freund. »Er hätte dich umbringen können.« Frank nimmt das Handy aus der Innentasche seines Blousons, wählt den Notruf der Polizei und lauscht. »Mist, hier ist kein Empfang.« Er entfernt sich ein Stück und versucht es wieder. »Immer noch kein Netz!«, ruft er Franziska zu.

Plötzlich, in einem unbeobachteten Moment, springt der Jogger auf und stürmt in Richtung Dresden Klotzsche davon.

»Halt! Stehenbleiben!«, brüllt Frank. Doch da ist der Jogger schon im Dickicht verschwunden. Eine Verfolgung bei dieser Dunkelheit wäre aussichtslos.

Erschöpft gehen Franziska und Frank zur Hofewiese. Dort angekommen, wählt Frank noch einmal die Notrufnummer der Polizei. Diesmal hat er Erfolg.

13

Wahnsinn, was diese Franziska sich letzte Nacht geleistet hat. Am liebsten hätte Barbara Eichner sie weggesperrt. Wie ist diese Psychologiestudentin nur an den Jogger herangekommen? Als die Beamten Franziska im Wald befragten, faselte sie etwas von Schock und Trauma und hüllte sich in Schweigen. Es war nichts mehr aus ihr herauszubekommen. Ihr Freund schien eher zufällig von Franziskas Vorhaben erfahren zu haben und wusste angeblich nichts Genaueres. Ob man ihm glauben kann? Barbara Eichner bezweifelt das.

Wütend schlägt sie mit der flachen Hand gegen den Getränkeautomat. Sie schaut ungeduldig zu, wie das heiße Wasser langsam in den Pappbecher läuft.

»Verflixt, das dauert ja wieder … Na endlich.« Sie hängt einen Teebeutel in den Becher.

»Nicht dein Tag heute, oder?« Steffi Siegel kommt auf die Kommissarin zu.

Die Beamtin reagiert mit wegwerfender Geste: »Jetzt meint schon jeder, besser gesagt, jede Dahergelaufene, mal ein bisschen nebenbei ermitteln zu müssen.« Sie erzählt der Sachbearbeiterin, was in der Nacht zuvor passiert ist. »Als die Kollegen im Wald ankamen, war der Mann natürlich längst über alle Berge.«

»Kann es sein, dass du sauer auf dich selbst bist? Immerhin war euch die junge Dame schon einen ganzen Schritt voraus. Bisher hat ja wohl die Veröffentlichung des Phantombildes des Zeugen nichts ergeben. Oder ist mir da etwas entgangen?«

Barbara Eichner schüttelt den Kopf: »Nee, aber wir waren dran. Jetzt ist der Jogger garantiert abgetaucht, zumal er zweifelsohne etwas mit dem Fall zu tun hat.« Sie leert den Teebecher langsam und wirft ihn in den Müll.

»Diesen Bulang haben wir ja inzwischen wieder laufen lassen – zum großen Ärger von Frau Eichner.« Paul Librach ist unbemerkt an die beiden Frauen herangetreten. Er wirft zuerst einen Blick auf die knallroten Lippen der Sachbearbeiterin, dann einen auf die zerknirscht dreinblickende Kriminalhauptkommissarin.

»Wir kriegen ihn schon noch. Wäre ja gelacht«, meint er beinahe tröstend zu seiner Chefin. Er stellt einen Becher in den Automaten. Dann steckt er eine Münze in den Einwurfschlitz und drückt die Kaffeetaste. »Hm, köstlich!« Der Kriminalassistent atmet das Kaffeearoma ein.

»Habt ihr denn inzwischen mehr über das Opfer in unserem Fall herausgefunden?«, will die Sachbearbeiterin wissen.

»Nichts, was uns wesentlich weiterhilft. Er war mehr oder weniger unauffällig – leider.« Paul Librach nimmt den vollen Becher aus dem Automaten und schlürft den Kaffee. »Selbst die Feinanalysen in seiner Wohnung haben nichts Besonderes ergeben. Keine fremde DNA.«

»Das ist ja verzwickt.« Die Sachbearbeiterin schüttelt den Kopf.

»Einen Feind hatte der Tote allerdings.« Paul Librach taxiert einen kurzen Moment lang die ausladenden Hüften der Sekretärin und erzählt, dass es sich um einen neiderfüllten Kollegen handele. »Einen gewissen Torsten Banz. Er verbringt gerade seinen Urlaub in Thailand. Wir bleiben an ihm dran. Dienstreise nach Thailand ist aber leider nicht drin.« Er schielt zu seiner Chefin, die eine säuerliche Miene aufsetzt. »Schade eigentlich. Immerhin könnte der Mann als Mittäter in den Fall verwickelt sein.«

»Und in welchem Verhältnis stand die Täterin zum Opfer?«, fragt Steffi Siegel.

»Sind Sie neugierig oder sind Sie neugierig? Es wäre schade um Ihr hübsches Näschen, wenn Sie es versehentlich in die falsche Angelegenheit stecken«, frotzelt Paul Librach.

Barbara Eichner seufzt: »Wie es aussieht, hat die Täterin ihr Opfer mehr oder weniger wahllos ausgesucht und dann nicht lange gefackelt. Wir haben zwei, drei E-Mails in den Accounts des Opfers gefunden, die mit großer Wahrscheinlichkeit von der Täterin stammen.«

»Die Mails wurden alle im Internet-Café in der Leipziger Straße abgeschickt. Das habe ich gecheckt«, sagt der Kriminalassistent. »Ich war natürlich dort. Aber leider konnte man uns nicht weiterhelfen. Wie auch? Wir wissen ja selbst nicht, nach wem genau wir suchen. Einziger Anhaltspunkt ist eine Frau mit einer DNA, die nicht in der Analyse-Datei gespeichert ist.«

»Habt ihr denn den Mitarbeitern des Internet-Cafés auch das Phantombild des Joggers gezeigt«, will die Sachbearbeiterin wissen.

»Ja, klar. Haben wir.« Paul Librach zuckt mit den Achseln. »Keinem kam der Mann bekannt vor. Eine Studentin, die nur ab und zu dort arbeitet, hat zwar kurz gezögert, war sich dann aber doch sicher, den Mann noch nie gesehen zu haben. Ich habe vorsichtshalber meine Visitenkarte dort gelassen, falls noch jemandem etwas einfällt ... Tja, ziemlich mysteriös das alles.«

»Na, dann drücke ich mal die Daumen, dass ihr den Fall bald löst.« Steffi Siegel stolziert den Gang entlang auf ihr Zimmer zu. Mit jedem Schritt geben ihre High Heels ein klackerndes Geräusch von sich. Missbilligend rümpft die Kommissarin die Nase. Als sich die Sachbearbeiterin kurz vor der Bürotür noch einmal umdreht, wirft ihr der Assistent eine Kusshand zu. Lachend verschwindet Steffi Siegel in ihrem Zimmer.

»Was haben Sie denn inzwischen über die Kleidung unseres Toten herausgefunden«, fragt Kommissarin Eichner den Assistenten, während die beiden ins Büro zurückkehren.

Paul Librach hebt die Schultern: »Wir haben noch mal alles am Tatort umgekrempelt. Nichts. Vielleicht hat die Täterin die Sachen mitgenommen, um Spuren zu beseitigen.«

»Oder sie sind eine Art Fetisch oder Trophäe für sie«, sinniert Barbara Eichner.

Die beiden haben inzwischen an ihren Schreibtischen Platz genommen. Die Kommissarin sucht eine Datei im Computer. Am Arbeitstisch des Assistenten raschelt es verdächtig. Paul Librach schaut verlegen zu seiner Chefin hinüber. Da diese nicht reagiert, wirft er sich mit fast athletischem Geschick zwei Pralinen gleichzeitig ein.

»Sie sind wieder auf Diät?«, fragt Barbara Eichner spöttisch.

»Hm«, grunzt Paul Librach mit vollem Mund. Ohne die Pralinen weiter zu zerkauen, schluckt er sie hinunter. Einen Hustenanfall unterdrückend, wendet er sich an seine Chefin: »Sind Sie eigentlich Ihrem Überfalltäter auf die Spur gekommen?«

Kommissarin Eichner zuckt bei der Erinnerung an diesen Abend zusammen. Ihr Puls beginnt zu rasen. Einen Moment lang wird ihr die Atemluft knapp. Sie klopft sich mit der flachen Hand auf den Brustkorb.

Seit dem Angriff auf offener Straße ist sie ziemlich dünnhäutig – kein Wunder. Denn es ist nicht vorbei. Da ist zum einen das gelegentliche Klicken in der Leitung, wenn sie telefoniert, zum anderen gab es bereits zwei nächtliche Anrufe, bei denen sich niemand zu erkennen gab. Und hatte sie nicht erst vor Kurzem erneut das Gefühl, jemand verfolgte sie, als sie im Dunkeln nach Hause ging?

Doch wer sollte es auf sie abgesehen haben? Und warum? Will derjenige sie einschüchtern? Handelt die Person etwa aus Rache, weil sie diese schon einmal ins Gefängnis gebracht hatte? Da kämen viele infrage. Die meisten müssen jedoch langjährige Haftstrafen verbüßen. Vielleicht setzen die Komplizen auf sie an? Durch die Gefängnismauern dringt immer etwas hindurch.

Oder der Überfall-Täter will an Informationen gelangen. Das würde zumindest erklären, warum er die Akten mitgenommen hat. Und dann läge es nahe, dass er in den aktuellen Mordfall verstrickt ist.

Barbara Eichner hat inzwischen einen Anwalt kontaktiert. Außerdem wurden zwei Kollegen mit der Aufklärung ihres Überfalls betraut. Man bot ihr sogar Personenschutz an. Sie lehnte ab, weil Autonomie ihr heilig ist. Allein die Vorstellung, jemand lässt sie rund um die Uhr nicht aus den Augen, erzeugt bei ihr Widerwillen.

Zweifelsohne ist sie in dieser Hinsicht durch die DDR geschädigt worden. Während des Studiums hatten sie und ihre Freundin tagelang gegrübelt, wer wohl der Stasi-Spitzel in ihrer Seminargruppe sein mochte. Man munkelte damals, dass sich in jeder Gruppe wenigstens ein Denunziant befinde. Erst viele Jahre später erfuhr Barbara Eichner, dass es ihre eigene Freundin war. Sie brach den Kontakt sofort ab und hörte nie wieder etwas von ihr.

»Frau Eichner, der Überfalltäter: Weiß man schon, wer es war?«, wiederholt der Kriminalassistent seine Frage.

»Die Ermittlungen laufen«, antwortet die Kommissarin knapp. Ihre Stimme zittert.

Ihr schießt durch den Kopf, dass sie die nach dem Überfalltäter fahndenden Kollegen unbedingt fragen muss, ob die Suche nach dem Pärchen vorankommt, das vor dem Überfall auf sie auf der Carolabrücke Selfies fotografiert hat.

»Nicht doch ein Pralinchen?«, bietet Paul Librach an. »Schokolade wirkt Wunder, wissenschaftlich erwiesen.«

Zum Erstaunen des Assistenten lehnt seine Chefin diesmal nicht ab. Sie nimmt eine Nusspraline aus der Schachtel und beißt ein Stück davon ab. Einen Moment lang schließt sie die Augen und spürt, wie die Schokolade in ihrem Mund zu schmelzen beginnt.

»Danke, Herr Librach. Das ist wirklich köstlich – und enorm beruhigend«, versichert sie.

»Sag ich doch.« Der Assistent wirft seiner Chefin ein gutmütiges Grinsen zu.

Barbara Eichner lächelt zurück und erkundigt sich dann: »Wie weit sind Sie eigentlich mit der Überprüfung der Telefonate gekommen? Hat die Zurückverfolgung der Gespräche unseres Toten irgendetwas ergeben?«

»Im Grunde das Übliche: ein paar Behördengespräche, Anrufe in einer Autowerkstatt. Mehrere Telefonate mit der Telekom, ewig lange Gespräche. Wen wundert's? Dann ein Anruf bei einem Hotel in Warnemünde, ein Zwei-Sterne-Bunker mit Sauna. Lausiges Frühstück, wenn Sie mich fragen.«

Der Assistent brummt etwas Unverständliches, bevor er fortfährt, das Opfer habe noch mit zwei Kollegen in unregelmäßigem Kontakt gestanden.

»Torsten Banz hat merkwürdigerweise nie bei Baumann angerufen. Keine Sorge, Frau Eichner, ich hab ihn auf dem Schirm. Er kommt übrigens übermorgen von seinem Thailand-Urlaub zurück. Na, der wird Augen machen, wenn er unsere nette Einladung zum Stelldichein in seinem Briefkasten findet. Aber, und jetzt wird's richtig interessant«, Paul Librach kratzt sich am Kopf, »ähm, wie hieß der Typ gleich?« Der Kriminalassistent verschwindet für einen kurzen Moment hinter seinem Bildschirm. »Einen Moment bitte, gleich hab ich's. Zuckertäubchen ...«, er streichelt den Computer, »ist auch nicht mehr die Jüngste.«

Kommissarin Eichner schaut aus dem halb geöffneten Fenster. In den Bäumen auf der gegenüberliegenden Straßenseite hat sich ein Schwarm Krähen niedergelassen. Das Gekrächze der Vögel ist ohrenbetäubend. Die Beamtin reißt das Fenster weit auf. Sie lehnt sich hinaus und klatscht mehrmals in die Hände. Die erschrockenen Krähen stieben auf und fliegen hastig davon. Sie kehrt zum Schreibtisch zurück und setzt sich wieder.

»Also, wo war ich stehengeblieben?«, murmelt Paul Librach vor sich hin und wendet sich wieder an seine Chefin. »Ach ja, die Anrufe. Ein Telefonat wurde mit einer bisher unbekannten Person geführt, und zwar über ein Handy. Der Besitzer: ein gewisser Ottokar Ott, haha, mit dem Namen ist er gestraft fürs Leben. Also Otti hatte das Handy kurze Zeit vorher als verloren gemeldet.«

Kommissarin Eichner horcht auf: »Den Mann müssen wir unbedingt in die Polizeidirektion bestellen. Vielleicht kriegen wir etwas raus. Es wäre doch denkbar, dass die Täterin oder der Jogger das Handy gestohlen und sich damit mit dem Opfer in Verbindung gesetzt hat.«

»Wird gemacht, Chefin.« Plötzlich stutzt der Kriminalassistent. »Ähm, und was, wenn dieser Ott etwas mit dem Fall zu tun hat? Vielleicht hat er das Handy als vermisst gemeldet, um nicht in Verdacht zu geraten.«

Barbara Eichner blickt ihn halb skeptisch, halb nachdenklich an: »Wäre das nicht zu einfach? Andererseits – immerhin wurde vom Handy dieses Mannes mit Stefan Baumann telefoniert.«

»Und der ist perdu, besser gesagt: mausetot«, wirft der Polizeiassistent ein.

Die Kommissarin nickt vor sich hin. »Wie auch immer. Wir müssen dieser Spur auf alle Fälle nachgehen.«

»Ich bringe Ihnen diesen Ott – versprochen. Wir haben übrigens vergeblich versucht, das Handy zu orten. Es muss die ganze Zeit ausgeschaltet sein. Ach, und noch was: Das Handygespräch wurde einen Tag vor der Ermordung des Opfers geführt. Bestimmt kein Zufall, oder?«

14

»Nein, Frau Kriminalhauptkommissarin, seither hatte ich keinen Kontakt mehr zu dem Jogger. Aber bitte regen Sie sich doch nicht so auf. Ich gelobe unbedingte Besserung.«

Den Teufel wird sie tun. Energischen Schrittes läuft Franziska den feuchten, von Pfützen bedeckten Elbweg entlang. Ein starker Windstoß bläst ihr die Haare ins Gesicht. Sie pustet sie vergeblich weg.

»Gefährlich für mich? Sicherlich nicht. Den E-Mail-Account habe ich sofort wieder gelöscht. Eine andere Verbindung hat nie zwischen uns bestanden. Außerdem weiß der Jogger ja nicht, wer ich bin und wo ich wohne. Er hat mich einmal gesehen, und da war es stockdunkel. Und es ist doch unwahrscheinlich, jemandem in dieser Großstadt …«

Franziska dehnt das Wort wie ein Gummiband. Sie klingt ironisch. Nach kurzem Zögern fährt sie fort: »Also, es kommt wohl eher selten vor, einer von 560 000 Personen in Dresden zufällig über den Weg zu laufen.« Falls der Fall doch eintreten sollte, sei sie gewappnet. Außerdem besitze ihr Freund das Judo-Sportabzeichen. Dass sie seit Kurzem einer neuen »Erkundungsstrategie« nachgeht, verschweigt Franziska. Auch dass der alternative Plan aufzugehen scheint, wird sie der Kommissarin nicht gerade auf die Nase binden.

Stattdessen erkundigt sie sich mit gespielter Verbindlichkeit: »Kann ich sonst noch etwas für Sie tun, Frau Eichner? Ansonsten würde ich jetzt gern weitermachen. Ich bin nämlich mitten in der Recherche, ich meine: Prüfungsvorbereitung.«

Persönlichkeitspsychologie. Würde Ihnen auch nicht schaden. Der Satz liegt Franziska auf der Zunge, aber sie verkneift ihn sich.

Jetzt wird Barbara Eichner am anderen Ende der Leitung doch noch richtig ungehalten: »Pfuschen Sie uns ja nicht noch einmal ins Handwerk! Und unterstehen Sie sich, Informationen zurückzuhalten. Sie machen sich strafbar, das ist Ihnen wohl hoffentlich klar … Selbst wenn er sich nicht mit seinem richtigen Namen gemeldet hat, Sie müssen doch wenigstens eine Telefonnummer oder eine E-Mail-Adresse von dem Jogger haben. Denken Sie daran: Der Mann ist mit großer Wahrscheinlichkeit in den Mordfall verwickelt.«

Na immerhin. Frau Kommissarin haben wohl inzwischen ausgeschlafen? »Bravo! So langsam kommen deine grauen Zellen in Gang«, murmelt Franziska vor sich hin. Sie streckt den rechten Arm aus und hebt den Daumen. Eine entgegenkommende Spaziergängerin schaut sie halb spöttisch, halb abschätzig an. Franziska zuckt mit den Achseln. Dann hält sie das Smartphone flach vor den Mund und beteuert mit bedauerndem Unterton in der Stimme, dass sie keinerlei Kontaktdaten besitze. Der Mann habe sich über eine anonyme E-Mail-Adresse mit ihr in Verbindung gesetzt.

Das ist eine Lüge, die die Kommissarin aber zu schlucken scheint. Sie fordert Franziska auf, die Beamten sofort zu informieren, falls der Jogger sich noch einmal melden sollte. Dann legt sie grußlos auf.

Wenn Sie wüssten, dass ich vor Kurzem den E-Mail-Account des Joggers gehackt habe, geht es Franziska durch den Kopf. Tja, Frau Eichner. Wie es scheint, bin ich Ihnen meilenweit voraus. Vermutlich hat Karsten Pollack Ihnen noch nicht einmal mitgeteilt, was ich heimlich in seinen Akten gelesen habe. Wie nachlässig von ihm! Der Rechtsmediziner ist eben anderweitig beschäftigt. Aber selbst wenn. Sie kommen nie darauf, welche weitreichenden Folgerungen ich aus der Information gezogen habe.

Man hat es eben oder man hat es nicht: schlussfolgerndes Denken, Antizipation. Vor allem braucht es ein Gespür für den Menschen und Beobachtungsgabe – und die richtige Intuition.

Apropos Gefühle: Geraten die bei Franziska gerade durcheinander? Bisher hat sie sich eingeredet, den Rechtsmediziner einzig und allein aus Wissbegierde und im Interesse ihrer »Ermittlungen« kontaktiert zu haben. Aber wie es scheint, hat Karsten Pollack ihr mit seinem Charme den Kopf verdreht, zumindest – wenn man es wörtlich nimmt – um zwanzig Grad.

Der Professor ist aber auch ein besonderer Mann: spontan, witzig, unkonventionell. Außerdem ist er ungemein attraktiv, so, wie auch ihr Vater gewesen sein soll, den Franziska nie kennengelernt hat. Nach einem »Two-Night-Stand« auf Rügen hat er sich aus dem Staub gemacht und Franziskas Mutter nicht einmal eine Telefonnummer hinterlassen.

»Lass dich bloß nicht von Attraktivität und Eloquenz blenden«, ist Mutters Rede des Öfteren. Wie der Mensch handelt, sein Tun, sei entscheidender als bloße Worte, hat sie Franziska beigebracht. Also: Vernunft gegen Gefühl, auch wenn's schwerfällt und nicht immer gelingt.

Franziska nimmt sich vor, in Zukunft etwas zurückhaltender zu sein, zumal der Professor sie bei ihrem letzten Treffen unmissverständlich spüren ließ, dass er sich zwar zu ihr hingezogen fühlt und sie begehrt, jedoch nichts mit ihr anfangen will, weil sie eine Zeugin ist. Verständlich oder nicht, sie muss das akzeptieren. Was jedoch nicht ausschließt, dass die beiden Zeit miteinander verbringen. Das lässt sich Franziska auf keinen Fall nehmen.

Letzten Freitag kam Pollacks Anruf: Er überlege, das Wochenende ausnahmsweise mal nicht einsam und verlassen am Computer zu verbringen. Ein Meerschweinchen besitze er auch nicht. Ob sie vielleicht Lust habe, mit einem angegrauten, leicht betagten und leider noch immer nicht seriösen Herrn auszugehen.

Franziska schlug sofort vor, gemeinsam ein Konzert in *Katys Garage* zu besuchen. Karsten Pollack willigte ein.

Er sei noch nie dort gewesen. Dann werde es höchste Zeit. Die Szenekneipe in der Neustadt, die sich auf dem Grundstück eines ehemaligen Reifenservice befinde, sei ein Muss: breites Musikangebot, höchst originelle Einrichtung aus Bussitzen, Autotüren, Reifenstapeln und Motorblöcken, draußen die *Wall of Fame*, die schon so mancher Graffiti-Sprayer dekoriert hat.

Jedenfalls verging das Treffen mit dem Professor wie im Fluge. Sie nahmen ein paar Drinks, redeten und diskutierten stundenlang. Der Rechtsmediziner quetschte Franziska wie eine Zitrone aus, und sie erzählte ihm freiweg, was sie alles bewegte. Erst als Pollacks zwar allgemein formulierte Fragen indirekt auch den Mordfall berührten, setzte sie alles daran, sich nicht in die Karten schauen zu lassen.

Anschließend spazierten die beiden noch mitten in der Nacht durch die Dresdner Heide. Sie unterquerten das Straßenviadukt aus dem neunzehnten Jahrhundert und tauchten in ihrer Phantasie in eine längst vergangene Epoche ein.

Sie gingen an der Prießnitz entlang und betrachteten die Sandsteinplastiken, die das Flüsschen säumten. Franziska erzählte Karsten Pollack, dass die Skulpturen von Dresdner Künstlern aus alten Zaunpfeilern hergestellt wurden, die zuvor das Militärgelände abgegrenzt hatten. Im Dunkeln wirkten sie wie zu Stein erstarrte Gestalten. Die beiden malten sich aus, wie sich die Plastiken um Mitternacht in Gespenster verwandeln und durch die Heide spuken würden.

Vor Kurzem hat Franziska hier beim Joggen einen aus Indonesien stammenden Dresdner Musiker kennengelernt, der mit einem Freund Aufnahmen für seinen Videokanal anfertigte: gefühlvolle Stimme zu Gitarrenklängen, die mal an das zarte Klopfen von Regen an eine Fensterscheibe und dann wieder an das Tosen eines Wasserfalls erinnerten – ein Sound, den sie so schnell nicht vergessen wird.

Franziska setzt sich auf eine mit Graffiti besprühte Bank und betrachtet das gegenüberliegende Käthe-Kollwitz-Ufer. Dort drängen sich Autos dicht an dicht die Straße entlang. Ihr monotones Brummen tönt zu Franziska herüber. Eine Weile lang beobachtet sie regungslos den Verkehr.

Schließlich zieht sie seufzend ein paar zerknitterte Ausdrucke alter Klausuren aus dem Rucksack hervor und vertieft sich in die Themen der bevorstehenden Prüfung. Als sie nach einer Weile in Gedanken das Gelesene noch einmal durchgeht, klingelt erneut das Handy.

Froh über die Unterbrechung, nimmt sie den Anruf an und meldet sich mit übertrieben zärtlicher Stimme: »Hallo, Frank. Schön, dass du dich meldest.«

»Frau Eichner hat angerufen. Sie …«

»Was, dich auch? Ich wette, sie hat dich nach der E-Mail-Adresse des Joggers gefragt.«

Frank stutzt kurz, bevor er wütend hervorstößt: »Was hast du mit diesem Ottokar Ott zu schaffen? Hast du etwas mit dem Überfall auf die Kommissarin zu tun? Wolltest du an ihre Unterlagen ran? Franziska, was ist eigentlich los mit dir? Ich erkenne dich nicht wieder. Du bist pausenlos unterwegs, gehst nicht an dein Handy. Du verheimlichst mir doch etwas. Kannst du mir vielleicht …«

»Jetzt mal langsam, Frank«, unterbricht Franziska ihren Freund. »Erstens: Mir ist kein … Wie heißt er? Ottokar? Witzig. Nee du, mir ist bisher nur *Ottokar, das Früchtchen* begegnet. Und das liegt mindestens zwanzig Jahre zurück.«

»Haha! Mir ist gerade nicht nach Scherzen zumute«, reagiert Frank gereizt. »Deinetwegen muss ich morgen in die Polizeidirektion. Offenbar verdächtigt mich diese dämliche Eichner, sie überfallen zu haben. Ich habe keine Ahnung, was das soll. Aber eins steht fest: Das habe ich einzig und allein dir zu verdanken. Hast du der Kommissarin etwa erzählt, dass ich Judoka bin?«

»Ja, und? Das macht dich noch lange nicht zum Schläger. Was ist das überhaupt für eine Überfallstory? Kannst du …«

Hat sie etwas verpasst? Weshalb sollte jemand die Polizeibeamtin überfallen? Der Jogger war es sicherlich nicht. So viel steht zweifelsohne fest. Dann hat vielleicht dieser Ottokar Ott den Überfall begangen? Ob zwischen ihm und dem Jogger eine Verbindung besteht? – Ach, jetzt bloß nicht vom Kurs abbringen lassen. Was interessieren Franziska die Nebenschauplätze von Frau Eichner? Der Überfall hat wahrscheinlich nichts mit dem Mord zu tun. Andererseits jedoch …

»Hat's dir die Sprache verschlagen?« Franks Stimme gewinnt an Dynamik, Tendenz crescendo: »So geht das nicht weiter. Ich hab's wirklich satt!«

»Jetzt chill mal, Frank«, versucht Franziska ihren Freund zu beruhigen. »Wir können heute Abend …«

»Ach, lass mich doch in Ruhe!«, brüllt Frank. – Das Gespräch ist unterbrochen.

Franziska seufzt und schüttelt den Kopf. Weshalb tut sie das eigentlich? Weshalb lässt sie ihren Freund auflaufen? – Im Grunde testet sie aus, wie weit sie bei Frank gehen kann. Vielleicht sollte er viel öfter mal eine klare Ansage machen, sie in die Schranken weisen. Vielleicht ist er einfach zu weich.

Franziska legt das Handy neben sich auf die Bank und blickt nachdenklich in die Elbwiesen, auf denen das hohe Gras vom Regen niedergedrückt ist. Zwei barfüßige Jungen staksen – sich lautstark über irgendwelche Games und Spiele-Apps unterhaltend – durch das feuchte Gras. Nicht weit von Franziska entfernt schiebt ein Pfandsammler in abgetragenem Anzug sein mit Tragetaschen behängtes Fahrrad den Elbweg entlang. Als er an einem Abfallbehälter vorbeikommt, durchwühlt er ihn nach Dosen und Flaschen.

Von der Carolabrücke her nähert sich eine Läuferin im Designer-Jogginganzug und mit leuchtend gelben Turnschuhen. Alle paar Meter schaut sie auf ihr Fitness-Armband. Dieser irrsinnige Selbstoptimierungswahn. Welcher Influencerin diese Läuferin wohl nacheifert? Wieder schüttelt Franziska den Kopf. Eines muss sie der Joggerin allerdings lassen: Ihr Laufstil ist ziemlich elegant, etwas x-beinig vielleicht.

Plötzlich schlägt sich Franziska mit der flachen Hand gegen die Stirn. Natürlich, fast hätte sie das vergessen! Es gibt zwei Nachrichten, die sie heute unbedingt noch senden will. Sie nimmt das Handy zur Hand und geht ins Netz.

Franziska hat in den letzten Tagen viel über den Mordfall nachgedacht. Inzwischen scheint alles zusammenzupassen: das Medaillon mit dem Foto des kleinen Mädchens, für das der Jogger seine Tarnung riskiert, sein abnormes, zu allem bereites Verhalten, die kahlköpfige Puppe im Schoß des Ermordeten. Und schließlich gibt es da noch diese rätselhafte, ja fast unheimlich anmutende Verbindung zwischen dem Jogger und der Täterin.

Gestern war Franziska im Internet auf zwei äußerst aufschlussreiche Foren gestoßen. Sie meldete sich sofort anonym an und postete mehrere Beiträge. Jetzt muss sie den Köder nur geschickt auswerfen und dann …

Dann sollte der Fisch den Haken schlucken.

Franziska wird durch die Forenbeiträge mit der Frau Kontakt aufnehmen und ihr Vertrauen gewinnen. Mit List und Geschick wird sie sich an ihre Fersen heften und sie nicht mehr aus den Augen lassen. Am Ende wird Franziska sie festnageln, also ihrer Tat überführen, sie: die Mörderin.

15

Als Barbara Eichner leicht verspätet zum Date erscheint, stößt der Professor einen Pfiff aus: »Flott, flott.«

»Sorry, ich hatte noch einen Anruf.«

»Kein Problem. Immerhin liegen Sie noch im akademischen Viertel. Außerdem: Erscheint die Dame nicht immer unpünktlich zum Rendezvous und lässt den Kavalier zappeln? Ich bin ja beglückt, dass es, nachdem Sie mir zwei schmerzliche Körbe gereicht haben – nie wieder erwähne ich die Lokale *Planwirtschaft* oder *Taste of India* –, nun endlich mit einem Treffen geklappt hat.«

Pollack kann seinen Blick nicht von Barbara Eichner lösen. Das Outfit steht ihr: modischer Hosenanzug, der ihre zarte Taille betont, Ohrclips, rot geschminkte Lippen. Wenn er allerdings genauer hinschaut, sieht sie ein wenig mitgenommen aus.

Eine Sekunde lang kommt ihm Franziska in den Sinn, die Frische ihrer ungestümen Art, ihre charmante Dreistigkeit. Doch gleich schiebt Karsten Pollack die zauberhafte Erinnerung beiseite, dass es vorletzte Nacht in der Dresdner Heide fast zum Äußersten gekommen wäre. Zum Glück hatte er sich rechtzeitig auf sein Prinzip besonnen, mit einer Zeugin keine Affäre anzufangen – zumindest nicht, solange die Ermittlungen laufen.

Völlig schamlos blickt er dabei der Kollegin tief in die Augen. »Verführerisch«, schmeichelt er und tut im nächsten Moment reumütig. »Mein Gott, bin ich heute wieder anzüglich. Bestrafen Sie mich! Handschellen?« Pollack streckt die Arme nach vorn.

Barbara Eichner entgegnet lachend, dass sie ausnahmsweise von einer Verhaftung absehen werde.

»Glück gehabt.« Der Professor gestikuliert, als wische er sich erleichtert den Schweiß von der Stirn. »Aber – eigentlich auch schade. Na gut, dann stürzen wir uns mal in das Neustadt-Abenteuer.«

Sie betreten einen Hausdurchgang an der Görlitzer Straße, von dem aus man geradewegs auf eine mit goldfarben eloxierten Aluminiumblechen dekorierte gelbe Fassade blickt. In den oberen Wandverzierungen glitzert noch immer das Licht der untergehenden Abendsonne.

Pollack hält die geschlossene Hand wie ein Mikrofon vor den Mund und erklärt gewichtig: »Meine hochverehrte Dame: Vor sich sehen Sie die berühmte Dresdner Kunsthof-Passage. Hier wurden die einst dem Verfall preisgegebenen Hinterhöfe zu attraktiven Objekten ausgebaut, in denen Wohnen und Arbeiten eine Einheit bilden. An den vielfältig und stilvoll gestalteten Fassaden werden Sie unschwer erkennen, dass jeder Hof sich einem speziellen Thema widmet.«

Der Rechtsmediziner weist auf einen Lageplan an der Wand und liest mit pathetischer Stimme die Namen der fünf Höfe vor: »*Hof der Elemente, Hof der Fabelwesen, Hof der Tiere, Hof des Lichts* und *Hof der Metamorphosen*.«

Belustigt foppt die Kommissarin ihren Begleiter: »Also Herr Pollack, an Ihnen ist zweifelsohne ein Stadtführer verloren gegangen. Wie hoch ist eigentlich Ihre Gage? Ich weiß gar nicht, ob ich Sie mir leisten kann. Übrigens kenne ich das Gelände hier schon seit einer gefühlten Ewigkeit. Ich habe nämlich als Kind in den damals halb verfallenen Häusern Verstecken gespielt und bin mit meinen Freundinnen auf den Mauern der Hinterhöfe herumgeklettert.«

»Ach, wirklich?« Pollack mustert die Kommissarin mit einem Seitenblick und fährt salbungsvoll fort: »Über die Gage reden wir noch. So, meine Dame, was Sie nun betreten, ist der *Hof der Elemente*. Da haben wir vor uns das ›Licht‹ und hier, gegenüber, das ›Wasser‹. Oder wie heißt das Kunstwerk am Bau so schön? ›Die singenden Regenrinnen‹. Die Wassermusik in diesem einzigartigen Ensemble von Rohren, Dachrinnen und Trichtern erklingt natürlich nur, wenn es regnet …« Barbara Eichner prustet laut los.

»Ähm, doziere ich mal wieder?«, fragt der Professor gespielt verunsichert. »Das Übel des Hochschullehrers. Also gut, von nun an schweige ich. Zumindest für die nächsten fünf Sekunden.«

Die beiden schlendern vergnügt durch die verwinkelten Höfe, vorbei an kleinen Läden und Ateliers. Am Ende ihres Rundgangs bleiben sie vor einer Kneipe stehen, deren Fassade mit bizarren Fabelwesen bemalt ist. Durch die halb geöffnete Eingangstür weht ihnen Bratenduft entgegen. Er vermischt sich mit dem Qualm von Zigaretten, den zwei vor der Kneipe rauchende Gäste in die schwüle Abendluft blasen.

»*Lila Soße*. Junge deutsche Küche«, liest Pollack auf dem Eingangsschild. Er blickt gedankenverloren einem jungen Araber nach, der laut arabisch telefonierend durch die Passage schlendert. »Schon komisch, dass man bei dem Wort ›deutsch‹ heutzutage gleich an die Rechten denkt.«

»Geht mir genauso. Sie sind aber auch nahezu omnipräsent. Und die Medien tun ihr Übriges, sie ständig in den Fokus zu rücken.« Die Kommissarin presst die Lippen aufeinander und schiebt wütend das schmale Kinn nach vorn.

Karsten Pollack mustert sie halb belustigt, halb ernst: »So kenne ich Sie ja gar nicht. Aber ich gebe Ihnen recht. Nur leider fallen gerade hier im Osten so viele Menschen auf die Rechtspopulisten rein. Es ist vertrackt: Natürlich müssen wir vielen Stimmen Gehör verschaffen, das muss eine Demokratie aushalten. Wie sagte Rosa Luxemburg so schön? Freiheit ist immer Freiheit der Andersdenkenden.«

»Ja, sicher. Allerdings geraten in letzter Zeit zu viele rechtswidrige Inhalte in Umlauf. Die sozialen Medien machen es möglich. Mir fehlt da das Korrektiv: eine Art Selbstkontrolleinrichtung der Dienstanbieter, unter staatlicher Aufsicht natürlich.

Mein Gott, wie geschwollen ich daherrede. Jedenfalls wird das gerade diskutiert. Tja, schwieriges Thema.« Barbara Eichner legt nachdenklich die Stirn in Falten: »Um noch mal auf den Rechtspopulismus zu sprechen zu kommen, ich frage mich: Warum sind es ausgerechnet ostdeutsche Männer, die rechts wählen?«

»Aus Protest, denke ich, weil gerade sie sich als Verlierer der Wende fühlen: Jobs weg, Frauen weg. Ich meine, nach 1989 sind ja viele Frauen zu uns in den Westen gekommen. Das schafft doppelten Frust. Und noch was.« Karsten Pollack schielt die Kollegin von der Seite an. »Kennen Sie *King Kong*? Also, wenn man's mal richtig betrachtet: Im Grunde geht es doch auf einer ganz archaischen Ebene, also die Urängste betreffend, um den bösen ›Schwarzen‹, der dem weißen Mann die Frau ausspannt. Stichwort: Penisneid.«

Barbara Eichner schweigt. Sie erinnert sich an die Ermordung des jungen Mosambikaners Jorge Gomondai durch Rechtsradikale Anfang der Neunziger. Ein Gedenkstein am Dresdner Albertplatz erinnert noch heute als *Stein des Anstoßes* an die brutale Tat. Wie viele Dresdner hat auch Barbara Eichner schon mehrmals eine brennende Kerze vor dem Mahnmal aufgestellt …

»Wenn ich nur an die billigen Stammtischparolen denke, von wegen ›Volkstod durch den Bevölkerungsaustausch‹.« Die Beamtin hat sich in Rage geredet. Ihre Lippen zucken leicht. »Das Denken jenseits der Schwarz-Weiß-Malerei wäre ja auch viel zu kompliziert. Man müsste nämlich die Welt mal differenziert betrachten.«

»Aber das schafft Unsicherheit«, murmelt der Professor nachdenklich. »Und viele brauchen etwas, woran sie sich festklammern können. So, verehrte Kollegin, jetzt lassen wir uns mal nicht die Laune verderben. Allerdings: Bevor wir einen draufmachen, muss ich Ihnen unbedingt noch was erzählen – etwas Dienstliches«, setzt der Rechtsmediziner hinzu, als Barbara Eichner ihn fragend ansieht. »Ach übrigens, haben Sie Herrn Ott schon einbestellt? Herr Librach ließ neulich so etwas verlauten.«

»Morgen«, antwortet die Kriminalhauptkommissarin kurz.

Pollack blickt die Kollegin leicht schuldbewusst an. »Das war es eigentlich auch nicht, was ich mit Ihnen besprechen wollte.«

»Na, dann schießen Sie mal los«, antwortet sie und seufzt in sich hinein.

Die beiden setzen sich auf eine Steinmauer. Ein Vater mit seinen drei radfahrenden Kindern geht an ihnen vorbei. Er weist auf die Figuren an der Mauer. Die Mädchen – in ihr Gespräch vertieft – schauen kaum hin. Ihre hohen, aufgekratzten Stimmen tönen wie Vogelgezwitscher durch die Gasse.

Vor einigen Tagen habe ihm diese Journalistin Susanne Braun aufgelauert, berichtet Pollack. Sie sei an Informationen über ihn herangekommen, die im Grunde nur Insidern bekannt sein dürften. »Es ging um den Hamburger Mord, der im Zusammenhang mit dem jetzigen Fall steht.«

»Ist etwas an den Beschuldigungen Ihnen gegenüber dran?«, fragt Barbara Eichner unumwunden, nachdem Pollack ihr die Sachlage geschildert hat.

Und da ist er wieder, dieser argwöhnische Blick, denkt Karsten Pollack. »Jetzt schauen Sie bloß nicht so. Natürlich ist alles erstunken und erlogen. Ich habe mit dem Hamburger Mord nichts zu tun. Das glauben Sie mir doch, oder?« Er zieht einen Kaugummi aus der Hosentasche, kaut energisch darauf herum und lässt demonstrativ eine riesige Blase platzen.

»Um Glauben geht es nicht, Herr Pollack. Aber Sie wissen ja: *In dubio pro reo* – im Zweifel für den Angeklagten.« Als die Kommissarin merkt, dass seine Stimmung zu kippen droht, setzt sie schnell hinzu: »Ich traue Ihnen keinen Mord zu.«

»Trotzdem. Es ist mir völlig unverständlich, woher diese Frau die Infos hat. Vor allem befürchte ich, dass sie die Anschuldigungen nicht für sich behalten wird. Diese Boulevard-Schmiererin schlägt doch aus allem Kapital. Sagen Sie mal, Frau Kollegin, kann es sein, dass in der Polizeidirektion ein Maulwurf in alten Akten wühlt?«

»Wer weiß?«, weicht sie ihm aus und verschweigt, dass es tatsächlich eine undichte Stelle in ihrer Dienststelle gab: Roland Knauf. Im Zuge des noch laufenden Ermittlungsverfahrens wegen seines rechtsextremen Handelns ist inzwischen noch mehr ans Licht gekommen: Laut einem streng vertraulichen Bericht der Staatsanwältin habe sich Knauf Zugang zu Personalien und Dokumenten von Mitarbeitern verschafft. Zudem habe er Dienstgeheimnisse an Parteifreunde einer rechten Partei verraten. Der Staatsanwaltschaft liegen außerdem Hinweise vor, dass er mehrmals unbefugt das Polizeiliche Auskunftssystem Sachsen nach Daten über rechtsradikale Straftäter abgefragt hatte. Ob es wohl eine Verbindung zwischen Roland Knauf und Susanne Braun gibt? Oder aber …

»Ermitteln Sie etwa auch gegen mich?«, unterbricht der Professor irritiert ihre Überlegungen.

»Noch nicht. – Nein, ich kann Sie beruhigen.« Barbara Eichner legt kurz die Hand auf Pollacks Unterarm und setzt fort: »Inzwischen habe ich mich natürlich mit der Sachlage im Hamburger Mordfall beschäftigt, nachdem die Unterlagen – wie Sie wissen – dann endlich bei mir gelandet sind. Die Sekretärin vom Dezernat drei hat sich im Namen der Kollegen tausendmal entschuldigt. Das Dokument sei versehentlich bei ihr gelandet und habe, als sie krank war, die ganze Zeit auf ihrem Schreibtisch gelegen – na ja. Aber danke noch mal, dass Sie sich so ins Zeug gelegt haben.«

Es sei ihm eine Ehre gewesen. Der Professor deutet einen Handkuss an.

»Aber jetzt noch mal zu Susanne Braun«, setzt Barbara Eichner fort. »Während des Überfalls hatte ich alle Unterlagen bei mir, die mit unserem Fall zu tun haben. Und wenn ich es so recht bedenke ...« Sie streicht sich mit den Fingern über das Kinn. »Jetzt wird mir auch langsam klar, wer neulich in diesem niveaulosen Schmierenblatt Interna unserer Ermittlungen publiziert haben könnte. Die Infos sind wohl unter einem Pseudonym herausgebracht worden.«

Sekundenlang herrscht Schweigen zwischen den beiden. Plötzlich bricht es aus dem Rechtsmediziner heraus: »Und wenn diese Susanne Braun die Mörderin ist und der Jogger ihr Komplize? – Obwohl, das passt damit nicht wirklich zusammen. Ich hab da nämlich noch was.« Karsten Pollack wühlt in der Innentasche seines Jacketts. Schließlich stöhnt er verärgert: »Das kann doch nicht wahr sein! Jetzt habe ich das Foto im Büro liegen lassen. Mist! Ich wollte es Ihnen unbedingt zeigen. Da sieht man's mal wieder: Ich werde alt.«

»Vielleicht vertagen wir das lieber«, schlägt Barbara Eichner vor. »So langsam kriege ich nämlich Hunger.«

»Sie haben recht. Schließlich sind wir zum Vergnügen hergekommen.«

Die beiden betreten das Kneipenrestaurant. Drinnen ist es fast leer. Ein Paar mittleren Alters sitzt ganz hinten in der Ecke. Jeder ist mit sich und seinem Handy beschäftigt. Zwei Tische weiter sind zwei junge Männer in eine Diskussion vertieft. Barbara Eichner und Karsten Pollack nehmen in der Nähe der Theke Platz.

»Sie sind mein Gast«, lädt der Professor seine Begleiterin ein.

»Danke, aber die moderne Frau zahlt selbst«, lehnt die Kommissarin das Angebot ab.

»Sie sind aber auch hartnäckig. Da sind die westdeutschen Frauen anders – manche zumindest.« Er denkt an seine Ex und verzieht einen Moment lang das Gesicht. »Dann gehen wenigstens die Getränke auf mich. Kompromiss angenommen oder ja?«

»Sie wissen ja nicht, wie viel ich trinke. – Aber gut, wenn Sie mich so charmant ansehen.«

Nachdem die Kellnerin einen trockenen Rotwein serviert hat, prostet Karsten Pollack der Kollegin zu: »Zum Wohl. Ich heiße übrigens Karsten. Aber das wissen Sie, besser gesagt, das weißt du ja schon.«

Nach kurzem Zögern nennt die Kommissarin ihren Vornamen.

»Dann wäre das ja jetzt geklärt«, meint der Rechtsmediziner zufrieden. »Die Siezerei kommt ohnehin immer mehr aus der Mode. Eigentlich müssten wir jetzt aber noch Brüderschaft trinken – also natürlich nur der Etikette wegen. Ich bestelle mal zwei Gläser Sekt«, setzt er schnell hinzu.

Ohne etwaige Einwände von Barbara Eichner abzuwarten, steht der Professor entschlossen auf und geht zum Tresen. Als die Beamtin sich kurz nach ihm umdreht, poltert es neben ihr. Wie aus dem Nichts stürzt ein untersetzter Mann, der eine Sonnenbrille trägt, auf Barbara Eichners Tisch zu. Blitzschnell ergreift er ihre Handtasche und stürmt hinaus.

»Halt! Bleiben Sie stehen!«, brüllt die Beamtin. Sie springt auf und läuft dem Mann nach.

Inzwischen sind auch die beiden Männer, die im Restaurant saßen, dem Flüchtenden gefolgt. Es kommt zu einem Handgemenge, in dessen Verlauf es einem der Männer gelingt, die Tasche an sich zu bringen. Der andere hat den Räuber am Arm gepackt und reißt ihm die Sonnenbrille von der Nase. Der Dieb kann sich jedoch mit einem geschickten Hebelgriff befreien. Er greift geschwind nach der Brille, schwingt sich auf ein Fahrrad und prescht davon.

»Alles in Ordnung mit dir?«, fragt Karsten Pollack besorgt. Er ist seiner Kollegin hinterhergerannt, als er ihren Schrei vernommen hat.

»Mir ist nichts passiert, zum Glück«, antwortet sie mit belegter Stimme. Sie schaut noch immer in die Richtung, in die der Mann geflüchtet ist. »Komisch, irgendwie kam er mir bekannt vor.« Irrt sie sich oder hat sie einen tätowierten Reichsadler auf dem Handgelenk des Mannes gesehen?

Pollack vermutet: »Vielleicht jemand aus einer früheren Sache? Wie auch immer. Du musst die Kollegen mal antreiben, dass sie den Missetäter endlich finden. Aber was war das denn gerade?«

Die Beamtin schüttelt den Kopf. Der Mann muss sie auch gekannt haben. Weshalb wollte er ihre Tasche entwenden? Um in ihre Wohnung einzubrechen? Und wonach hätte er dort gesucht? Nach Wertgegenständen? Oder nach Fallunterlagen? Vielleicht gehörte die Aktion aber auch nur zu seinen zahlreichen Methoden, sie einzuschüchtern, sie zu zermürben …

Inzwischen sind die beiden Männer an die Kriminalhauptkommissarin herangetreten und geben ihr die Tasche zurück. Barbara Eichner bedankt sich bei ihnen. »Ich spendiere Ihnen einen Drink. Was kann ich Ihnen bringen lassen?« Die Männer winken ab. »Wir müssen aber unbedingt noch ein Protokoll aufnehmen. Kommen Sie doch morgen bitte in die Polizeidirektion.«

Die Kommissarin gibt den Männern ihre Visitenkarte und notiert sich Namen und Adressen der beiden. Schließlich bedankt sie sich noch einmal bei ihnen.

»Jetzt brauche ich einen Schnaps und zwar einen doppelten«, wendet sie sich wieder an Karsten Pollack. »Für Sie … Für dich auch einen? Der geht auf mich.«

16

Barbara Eichner gähnt verstohlen. Sie ist müde und aufgekratzt zugleich – ein Zustand, in dem sie sich in letzter Zeit öfter befindet. Sie erinnert sich an die letzte Nacht, und ein Schauer fährt ihr durch den Körper.

Es war gestern spät geworden. Nachdem der Mediziner sie bis zu ihrer Wohnung begleitet hatte, wollte er sich sofort verabschieden, *gentlemanlike*. Sie hätte ihm diese Zurückhaltung gar nicht zugetraut.

Barbara Eichner lächelt vor sich hin. Als der Rechtsmediziner im Begriff war, zu gehen, hielt sie ihn zurück. Sie küsste ihn, bis er zurückküsste. Schließlich riss sie sich los und verschwand wortlos in ihrer Wohnung.

Ohne das Licht anzuschalten, versteckte sie sich wie eine verliebte Schulgöre hinter der Gardine. Von dort aus beobachtete sie Karsten Pollack, wie er langsam in Richtung Albertplatz ging. Zweimal blickte er sich um und schaute zu den Fenstern ihrer Wohnung hinauf. Als er nicht mehr zu sehen war, legte sie sich noch lange nicht schlafen.

Sie fühlte sich unbeschwert, sogar beflügelt, wie schon lange nicht mehr, als wäre sie plötzlich wieder zwanzig. Einem spontanen Impuls folgend, kramte sie den Karton mit den alten Fotos hervor. Jahrelang waren sie ganz hinten in der Flurkommode verstaut. Barbara Eichner setzte sich auf den Fußboden und breitete die Bilder aus der Vergangenheit vor sich aus: Wie sie mit den anderen Kindern auf der Dorfstraße Völkerball spielte, wie sie in den Kniekehlen kopfüber von der Reckstange hing, als Sechsjährige mit der Zuckertüte im Arm und in stolzer Pose auf dem Abiball.

Ein weiterer Stapel enthielt Fotos ihrer früheren Band. Ein Fan hatte das Trio damals im Leipziger Rosental fotografiert.

Barbara Eichner – im schwarzen Kleid, ein schwarzes Band um die Stirn – mit wildem Gesichtsausdruck auf der Geige spielend. Sie waren mit Liedern von Joan Baez, Simon and Garfunkel und eigenen Kompositionen aufgetreten. »Babsi und die grauen Mäuse« hatte einer ihrer Mitspieler die Band scherzhaft genannt. Der andere war ihre erste Liebe. Kurz nach der Wende erkrankte er an einer Depression, von der er sich nicht mehr erholte. Im Vorjahr nahm er sich das Leben. Der Verlust dieses Freundes schmerzte sie noch immer sehr.

Die Kommissarin saß noch lange im Korridor inmitten ihrer Fotos. Irgendwann in den frühen Morgenstunden ging sie dann zu Bett. Sie schlief unruhig und wurde mehrmals wach. Der Wecker riss sie aus einem Albtraum, der sie inzwischen Nacht für Nacht plagt.

Seit sie heute Morgen im Büro ist, hat sie, entgegen ihrer Gewohnheit, mindestens drei Becher Kaffee getrunken. Sie werde noch zum Koffein-Junkie, hatte Paul Librach gewitzelt.

Kommissarin Eichner seufzt: »Wir müssen meine Handtasche unbedingt auf Fingerspuren untersuchen lassen, Herr Librach«, wendet sie sich an den Assistenten.

»Das sagten Sie bereits als erstes heute Morgen. Alles schon geregelt, Chefin. Sie wissen doch: Auf mich ist Verlass«, versichert Librach. »Das *Corpus Delicti* müsste sich bereits bei der KTU befinden. Hat eigentlich das Gespräch mit den Männern etwas ergeben, die dem Dieb die Tasche entrissen haben?«

Kommissarin Eichner wiegt den Kopf hin und her. Es gebe vielleicht einen Hinweis: Einem der Männer sei ein Muttermal aufgefallen, genau unter dem linken Auge des Diebes. »Damit fällt der Jogger höchstwahrscheinlich aus dem Kreis der möglichen Überfall-Täter heraus. Oder hat diese Franziska irgendetwas von einem Muttermal in dessen Gesicht erzählt?«

Als Paul Librach verneint, erklärt seine Chefin, dass sie inzwischen einen leisen Verdacht hege, woher sie den Mann mit dem Muttermal kenne. Sie hatte die beiden ermittelnden Kollegen bereits darauf hingewiesen, dass der Überfall-Täter möglicherweise ein Nazi-Tattoo an seinem Handgelenk trägt, das auf einen bereits bekannten Kriminellen schließen lasse.

Der Kriminalassistent reißt die Augen auf: »Und?«

Die Kommissarin hält sich bedeckt: »Warten wir zuerst mal das Ergebnis der KTU ab. Ich will keine schlafenden Hunde wecken und mir ganz sicher sein.«

»Ist es jemand, den wir eventuell schon mal eingebuchtet haben? Dann wurde dieser Jemand vielleicht erst kürzlich entlassen.« Paul Librach schielt zu seiner Chefin. »Sie redet nicht mit mir«, brummt er und kratzt sich halb verlegen, halb nachdenklich am Kopf.

Barbara Eichner wirft dem Assistenten einen unergründlichen Blick zu und hebt bedauernd die Schultern.

Es klopft an der Tür. Ohne dass jemand hereinbittet, steht auch schon die Sachbearbeiterin im Büro: »Herr Ott ist jetzt da. Ich habe seine Personalien bereits aufgenommen.« Sie wedelt mit einem bedruckten Blatt Papier. »Der Mann sitzt im kleinen Konferenzraum.«

»Danke, Steffi. Ich komme.« Barbara Eichner nimmt einen Ordner vom Schreibtisch. Dann geht sie etwas schwerfällig, wie es sonst nicht ihre Art ist, auf Steffi Siegel zu. Diese reicht der Chefin das Blatt mit den persönlichen Daten von Ottokar Ott.

»Müde? Hast du wieder schlecht geschlafen?«, fragt die Sachbearbeiterin. Sie stößt die Bürotür leicht mit dem Fuß an, sodass sie sich weit öffnet, und tritt beiseite.

»Hm«, murmelt Barbara Eichner im Vorbeigehen und nickt.

»Du Arme. Hast du's schon mal mit Yoga probiert?«, ruft Steffi Siegel der Kommissarin hinterher, die den Gang entlangschleicht.

Ohne sich umzudrehen, antwortet Barbara Eichner: »Hab ich. Hatha-Yoga. Nichts für mich. Der reine Sport. Kein bisschen entspannend.« Im nächsten Moment verschwindet sie im Konferenzraum.

Ein stickiger Geruch schlägt ihr dort entgegen. Sie öffnet das Fenster, atmet tief ein und aus. Am Tisch sitzt ein blasser junger Mann mit steifem, schütterem Haar, das wie trockene Grashalme vom Kopf absteht. Seine stechend blauen Augen sind durch dicke Brillengläser auf sie gerichtet.

Wenn man doch nur in Gesichtern lesen könnte … Die Kommissarin spürt, wie eine plötzliche Unruhe sie erfasst. Gibt es vielleicht doch eine Verbindung zwischen diesem Herrn Ott und dem nun toten Stefan Baumann? Und wenn Otts Handy gar nicht gestohlen wurde und die beiden miteinander telefoniert haben?

»Herr Ottokar Ott? Ich bin Kriminalhauptkommissarin Eichner«, stellt sie sich mit gespieltem Gleichmut vor und gibt dem Wartenden die Hand.

Sie spürt den schlaffen Händedruck, und Karsten Pollacks zärtlich-feste Umarmung kommt ihr plötzlich in den Sinn. Dann schüttelt sie sich leicht, als müsse sie die Erinnerung abwerfen. Die Polizeibeamtin setzt sich Ottokar Ott gegenüber, lässt ihn nicht aus den Augen. Sie will wissen, seit wann er das Handy vermisst und welche wichtigen Informationen darauf gespeichert sind.

Ott antwortet einsilbig, er habe alles schon zu Protokoll gegeben.

Barbara Eichner macht sich eine kurze Notiz und blättert in ihrer Akte. Ihre Hände zittern leicht. Schließlich zieht sie das Foto des Mordopfers daraus hervor. Einen Moment lang verharrt sie und legt dann das Lichtbild auf den Tisch.

»Haben Sie den schon mal gesehen?«, fragt sie und fixiert den jungen Mann mit eindringlichem Blick.

Ott beugt sich nach vorn und starrt geschockt auf das Foto des toten Stefan Baumann. Mit sich fast überschlagender Stimme erwidert er, dem Mann noch nie begegnet zu sein.

Barbara Eichner nickt unmerklich vor sich hin. Sie macht eine beschwichtigende Handbewegung und fragt beiläufig: »Kennen Sie einen Torsten Banz?«

Ott zuckt mit den Schultern: »Wer soll das sein?«

Die Ermittlerin stößt einen kurzen Atemzug aus und zeigt dem Zeugen das Phantombild des Joggers. »Und – kennen Sie den?«

Ottokar Ott nimmt das Bild in die Hand und betrachtet es aufmerksam: »Ja klar, der muss irgendwo bei mir in der Nähe wohnen. Ich treffe ihn manchmal auf der Straße. Hat er mein Handy gestohlen?«

»Er könnte tatsächlich der Dieb sein«, antwortet die Kriminalhauptkommissarin.

Wieder heftet der junge Mann den Blick auf das Bild und zieht dann nachdenklich die Stirn kraus. »Es ist möglich, dass er mich einmal angerempelt hat. Wenn ich es recht bedenke … Kurz darauf war auch das Handy weg.«

Barbara Eichners müdes Gesicht leuchtet auf: »Wo ist denn das gewesen?«

»Exakt da, wo ich wohne: am Blauen Wunder. Ich hatte gerade ein Geschenk für meinen Neffen gekauft. Er sammelt Matchbox-Autos. Na, mein Ding wäre das nicht, aber egal. Als ich den Spielzeugladen verließ, kam dieser Mann vorbei und stieß mich an … Ja, jetzt erinnere ich mich ganz genau. Mir fiel die Einkaufstasche aus der Hand, und der Mann half mir, meine Sachen wieder einzusammeln.«

Ott stockt kurz und fährt dann fort: »Er hatte so eine merkwürdige Stimme, ungewöhnlich hoch für einen Mann, fast wie ein Eunuch. Irgendwie unheimlich. Ich musste die ganze Zeit an Klaus Kinski denken.«

Die Beamtin blickt Ottokar Ott nachdenklich an und liest dann in seinen Personalien.

»Sie wohnen auf dem Schillerplatz zwei, richtig? Können Sie mir ungefähr sagen, wo sich der Spielwarenladen befindet?«

»Das müsste …« Ottokar Ott schaut angestrengt nach oben. »Ja, das ist im Angelsteg 5. Das Geschäft wurde allerdings vorgestern geschlossen – Räumungsverkauf. Die ehemaligen Besitzer wohnen aber noch immer im selben Haus.«

Jetzt ist Barbara Eichner hellwach. Falls an den Aussagen von Ottokar Ott etwas dran ist, bestünde eine gewisse Wahrscheinlichkeit, dass der gesuchte Jogger im Umkreis des Blauen Wunders lebt oder arbeitet, sich zumindest öfter in dem Stadtteil aufhält. Und wenn er Kontakt zum Opfer hatte, muss er in den Mordfall involviert sein. Der Verdacht liegt also ziemlich nahe, dass die Mörderin und der Jogger Komplizen sind. Dass Ottokar Ott mit der Täterin in Verbindung steht, schließt Barbara Eichner inzwischen gänzlich aus.

Die Kommissarin notiert sich die Adresse der ehemaligen Inhaber des Spielzeugladens. Sie nickt unmerklich vor sich hin. Wenn der Jogger in der Nähe wohnt, hat er möglicherweise die Puppe, die man bei dem Mordopfer fand, dort gekauft.

Sie lächelt Ott an: »Das war schon alles, Herr Ott. Vielen Dank. Sie haben uns wahrscheinlich sehr weitergeholfen.« Sie begleitet Ottokar Ott zur Tür und reicht ihm die Hand: »Auf Wiedersehen. Falls wir das Handy finden sollten oder Sie noch einmal befragen müssen – Ihre Kontaktdaten haben wir ja.«

Ott macht eine ungelenke Verbeugung: »Schönen Tag noch, wenn man das so sagen darf.«

»Darf man. Ihnen auch.«

Nachdenklich kehrt die Kommissarin ins Büro zurück. Wenn doch Herr Ott bloß recht hätte. Natürlich ist sie sich darüber im Klaren, dass sie sich auf dünnem Eis bewegt. Aber sie muss diese Fährte weiterverfolgen, und zwar ohne Zeit zu verlieren. Sie seufzt leise. Hoffentlich ist sie diesmal auf der richtigen Spur. Und hoffentlich lassen sich dann endgültig die Gerüchte um Karsten Pollack zerstreuen, das nicht enden wollende Gerede unter den Kollegen, der Rechtsmediziner habe etwas mit dem Hamburger Mordfall zu tun. Falls es eine Komplizenschaft zwischen der Mörderin und dem Jogger im Dresdner Fall gegeben haben sollte, waren die beiden vermutlich auch in den Hamburger Mord involviert. Dass der Mediziner aber ihr Verbündeter gewesen sein soll? Nein, das ergab wirklich keinen Sinn.

Dann war da noch der ehemalige Kollege des Opfers, dieser Torsten Banz. Seine Vernehmung steht noch aus, da er aus angeblichen Krankheitsgründen den ersten Termin nicht wahrgenommen hat. Wahrscheinlich hat er einen korrupten Arzt, ärgert sich Barbara Eichner.

Trotzdem: Endlich ein kleiner Lichtblick! Was heißt einer? Eigentlich leuchten zwei winzige Lichter am Horizont.

»Herr Librach, ich brauch Sie!«, ruft die Kommissarin dem Assistenten zu, als sie das Büro betritt.

»Aber ich bin gerade an einer wichtigen …«, mault Paul Librach.

»Das hier hat oberste Dringlichkeit«, fällt ihm die Chefin ins Wort. »Also: Sie fahren bitte sofort in den Angelsteg 5. Dort erkundigen Sie sich nach den Besitzern des Spielwarengeschäfts im Erdgeschoss, das vorgestern geschlossen wurde.«

Die Kommissarin zieht die obere Schublade des Aktenschranks auf und nimmt eine große, durchsichtige Plastiktüte heraus. In der Tüte befindet sich die Puppe, die das Mordopfer bei sich hatte. »Falls Sie die ehemaligen Inhaber des Spielwarengeschäfts zu Hause erreichen, fragen Sie diese bitte, ob sie jemandem diese Puppe verkauft haben.« Sie reicht Paul Librach die Tüte, der sinnierend durch die Plastikfolie schaut.

»Wie kann man nur so hirnrissig sein? Einer Puppe die Haare ausreißen … Tja, wirklich jammerschade um das gute Stück. Was wohl die Besitzer des Spielwarenladens dazu sagen?«

»Genug lamentiert. Auf, auf, lieber Kollege. Wir haben einen Fall zu lösen.«

Als Paul Librach das Büro verlassen hat, lehnt sich Barbara Eichner auf ihrem Stuhl zurück. Vom Gang her dringen Stimmen in den Raum, dann lautes Lachen. Die Kommissarin nimmt die Geräusche kaum wahr. Ihre Gedanken kreisen um den Professor. Ist sie letzte Nacht zu weit gegangen? Ein Techtelmechtel mit einem Kollegen? Das geht eigentlich gar nicht. Aber ist es wirklich nur ein Flirt? Hat sie sich nicht schon längst in den Rechtsmediziner verliebt? Ihre Gedanken kreisen doch ständig um ihn.

Barbara Eichner stößt den Atem aus. Was ist nur in sie gefahren? Wo bleibt ihr Stolz, ihre professionelle Distanz? Ist ihr etwa die Autonomie abhandengekommen, die sie so oft gepriesen hat? Wieder stößt sie den Atem aus, und diesmal klingt es eher wie ein Stöhnen.

17

Franziska hat sich in ihrer Wohnung eingeigelt. Ihre Kommilitonen ziehen seit geraumer Zeit um die Häuser. Soeben hat sie eine SMS erhalten, ob sie nicht nachkommen wolle. Die Prüfungsvorbereitung laufe ihr nicht davon. Aber Franziska ist nicht nach Ausgehen zumute.

Auch Karsten Pollack hat sie abgesagt, der einige Studenten zu sich nach Hause eingeladen hat, zur Rumverkostung, alias »Erste-Hilfe-Kurs bei Alkoholvergiftung«. Eine zertifizierte Krankenschwester fehle noch in der Runde, hat er am Telefon erklärt.

Frank ist am Nachmittag nach Riesa gefahren. Er wollte zusammen mit seinem Vater und seiner Schwester das Grab der Mutter besuchen. Vielleicht hätte sie ihn begleiten sollen. Vielleicht hätte ihr die kleine Unterbrechung gutgetan.

Franziska sitzt am Küchentisch und starrt auf den Bildschirm des Laptops. Es kommt ihr so vor, als tanzten die Buchstaben hin und her. Und obwohl sie denselben Satz schon etliche Male gelesen hat, erfasst sie den Inhalt nicht. Franziskas Augen brennen und in den Schläfen spürt sie ein unangenehmes Pochen. Sie hat seit heute Vormittag nichts mehr gegessen. Die Apfelschorle, die sie sich vor Stunden eingegossen hat, ist längst schal geworden.

Draußen gießt es schon den ganzen Abend lang in Strömen. Regen, ab und an vermischt mit Hagelkörnern, prasselt an die Fensterscheiben. Dazu gesellen sich das sonore Brummen der Spülmaschine und das monotone Ticken der alten Küchenuhr.

Immer wieder blickt Franziska von der Lektüre auf und schaut in das grelle Licht der Straßenlaterne vor dem Haus, das von unzähligen Regentropfen gebrochen wird. Schließlich steht sie auf und geht in der Küche auf und ab. Sie sucht nach Klarheit, nach Gewissheit, doch es plagen sie ständige Zweifel. Nichts ist ihr unerträglicher als die eigene Unentschlossenheit. Wenn sie bloß ihre Gedanken sortieren könnte. Die überschlagen sich und purzeln ständig durcheinander. Ihr ist, als würde plötzlich alles, was sie derzeit tut, infrage gestellt. Worauf hat sie sich da nur eingelassen?

Das Enträtseln des Mordfalls, das Aufspüren der Täterin – Vorhaben, die Franziska anfangs wie eine Herausforderung, ein packendes Abenteuer in Angriff genommen hat –, all das wächst ihr gerade über den Kopf. Nicht, dass Franziska erfolglos wäre – im Gegenteil: Ihre Mission schreitet voran. Sie ist auf der richtigen, der alles entscheidenden Spur. Im Grunde sind es bis zum Finale nur noch wenige Schritte. Aber kurz vor der Ziellinie tun sich plötzlich schwer überbrückbare Hindernisse auf, Barrieren, die Franziska lähmen, die eine Fortsetzung fast unmöglich machen.

Vor einigen Tagen ist sie im Netz auf eine Chatterin gestoßen, die sich »Hermaphrodita« nennt. Franziska hat sich mit ihr in Verbindung gesetzt. Zwischen ihnen gingen Nachrichten hin und her, trotzdem war an die Frau kaum heranzukommen. Hermaphrodita verbarg etwas Existentielles, und Franziska wusste, was es war.

Erst als sie der Chatterin vorschlug, mittels digitaler Verschlüsselung unter vier Augen zu kommunizieren, gelang es ihr, der Frau nach und nach ihr dunkles Geheimnis zu entlocken. Anfangs war Franziska in eine Rolle geschlüpft, die sie beinahe zwanglos verkörpern konnte. Sie hatte vorgegeben, eine Seelenverwandte zu sein. Doch dann kam der Tag, an dem Hermaphrodita ihr ganzes Schicksal offenbarte.

Seither ist Franziska die Distanz zu den Dingen verloren gegangen. Sie hat von einer Lebensgeschichte erfahren, die sie zutiefst erschüttert hat und deren Dramatik sie kaum verarbeiten kann. Nahezu zwangsläufig schließen sich weitere Empfindungen an: Mitgefühl, Verantwortung, Gewissensbisse. Fast kommt sie sich vor wie Goethes *Zauberlehrling*, der aus Neugier und Ehrgeiz die Geister ruft, die er schließlich nicht mehr loswird.

Erschöpft blickt Franziska auf die Uhr. Schon kurz vor zehn. Schluss mit den Grübeleien. Sie ist dabei, das Programm zu beenden, als plötzlich Steinchen gegen die Fensterscheibe prallen. Sie schaut hinaus. Auf dem Gehweg vor dem Haus steht Frank, triefend nass. Mit müden Schritten geht Franziska ins Treppenhaus und schließt die Haustür auf. »Frank, mit dir habe ich gar nicht mehr gerechnet.« Sie schlingt die Arme um ihn. »Schön, dass du noch gekommen bist.«

Seit ihrem letzten Streit hat sie ihren Freund außerhalb der Vorlesungen nicht mehr getroffen. Sie haben einige Male telefoniert und mehr oder weniger Belanglosigkeiten ausgetauscht.

»Vorsicht, ich bin klatschnass. Die Straßenbahn hatte eine technische Störung. Da bin ich die letzte Strecke gelaufen.«

»Ach, du Ärmster.« Franziska streicht ihm mit den Fingern leicht über die Wange. »Na, dann komm mal rein.«

In der Wohnung zieht Frank den nassen Parka aus und legt ihn auf den Flurboden. Er stellt seine Sandalen daneben und geht barfuß ins Bad. Dort nimmt er eine heiße Dusche.

»Hast du etwas Trockenes zum Anziehen für mich?«, hört ihn Franziska durch die halboffene Tür rufen. Er könne doch im Adamskostüm bleiben, schlägt sie vor. »Nee, das ist mir zu kalt.«

Franziska geht ins Schlafzimmer und wühlt im Wäscheschrank. Als Frank mit dem Duschen fertig ist, reicht sie ihm einen Pyjama, ein Geschenk der Großmutter, das sie letztes Jahr zu heiß gewaschen hat. »Probier mal, der müsste dir passen.«

Frank schlüpft hinein. Franziska muss lachen, als er mit schlackernden Ärmeln und Hosenbeinen eine Runde durch die Wohnung dreht. Schließlich zieht er Franziska an sich, küsst sie und lässt seine Hand über ihre Taille gleiten.

»Willst du einen Tee?«, fragt sie nach einer Weile und löst sich sacht aus der Umarmung.

Ohne seine Antwort abzuwarten, geht sie in die Küche und setzt Wasser auf. Frank folgt ihr und lässt sich am Tisch auf einem wackligen Schemel nieder. »Und? Was hast du den ganzen Abend gemacht?« Er schaut kurz auf den Bildschirm des Laptops.

»Gelesen, gelernt, nachgedacht …«, antwortet Franziska vage und schließt das Programm. Sie stellt zwei Teetassen und eine Dose mit Würfelzucker auf den Tisch.

Frank, der sie dabei beobachtet, bemerkt ihr müdes Gesicht. Plötzlich schlägt er sich mit der flachen Hand gegen die Stirn: »Ach, fast hätte ich's vergessen. Ich hab dir was mitgebracht – et voilà.« Er zieht eine extragroße Tüte mit Studentenfutter aus dem Rucksack hervor. »Viele Grüße von meinem Vater. Meine Schwester lässt dich natürlich auch grüßen. Du sollst mal wieder mitkommen. Es steht ja noch eine Runde Boccia aus.«

»Sehr gern, wenn ich mehr Zeit habe. Danke für die Nervennahrung. Die kann ich gerade gut gebrauchen.« Sie reißt die Tüte auf, nimmt eine Handvoll Nüsse heraus und stopft sie sich in den Mund. Eine Weile lang hört man nur das Kaugeräusch im Raum, bis der Teekessel pfeift. Franziska hängt in jede Tasse einen Beutel mit Früchtetee und gießt das kochende Wasser auf. Dann setzt sie sich neben Frank an den Tisch. Nachdenklich taucht sie einen Zuckerwürfel in ihr Getränk und schaut zu, wie er sich langsam rot färbt.

»Wusstest du, dass Männer ihre Frauen ermorden, um sie für immer zu behalten? Frauen dagegen töten Männer, um sie loszuwerden«, sagt sie unwillkürlich und bereut es sogleich.

Frank schaut sie halb irritiert, halb verärgert an. »Wie kommst du denn jetzt darauf? Ist das eine These, die du in der Vorlesung bei diesem Medizinprofessor gehört hast? Oder ermittelst du etwa wieder mal?« Der letzte Satz hört sich fast wie eine Drohung an, und Franziska lutscht schweigend das Stück Würfelzucker. »Jetzt sag doch was!«, fordert Frank ungeduldig.

»Mir geht gerade so viel durch den Kopf. Zum Beispiel überlege ich die ganze Zeit hin und her, ob meine Studienwahl richtig war.«

»Lenk nicht ab.«

»Nein, ernsthaft. Manchmal weiß ich überhaupt nicht mehr, ob ich wirklich Psychologin werden soll.«

»Hast du nicht immer gesagt, du willst den Menschen helfen?«

»Damit sie irgendwie funktionieren und ein angepasstes Leben führen? Damit sie wieder halbwegs gesellschaftsfähig sind?«, fragt Franziska und setzt leise hinzu: »Glaub mir, es gibt Wunden, die heilen ein Leben lang nicht. Da kann man noch so viel an den Leuten herumtherapieren.«

»Du wusstest doch immer ganz genau, was du willst. Also ich finde, du solltest weitermachen. Aber du hast natürlich recht: Psychotherapie ist kein universales Heilmittel.«

»Ich weiß auch gar nicht, ob ich das schaffe – ich meine diese fragile Balance zwischen Nähe und Distanz.«

»Schwierig.« Frank blickt Franziska nachdenklich an. »Was hat unser Prof ganz am Anfang gesagt? Man muss immer wieder die Grenzen testen, also zwischen den eigenen Gefühlen und dem Leid des Patienten.«

Eine Weile lang hängt jeder seinen Gedanken nach, bis Frank das Schweigen bricht: »Sag mal, Franziska, sollten wir das Thema nicht besser auf morgen vertagen? Lass uns erst mal drüber schlafen. Dann sieht die Welt meistens schon etwas anders aus.«

Franziska nickt nur still, rückt nah an Frank heran und legt den Kopf auf seine Schulter.

Draußen hat es aufgehört zu regnen. An der Fensterscheibe kleben winzige Wassertropfen. Sie glitzern wie Perlen im Laternenlicht. Zwei Männer gehen die Straße entlang. Als sie das Fenster passieren, huschen ihre Schatten wie Gespenster durch die Küche.

18

Es ist weit nach Dienstschluss. Barbara Eichner sitzt am Bürotisch und kaut lustlos auf einem Stück Thunfischpizza herum. Der ganze Raum ist vom Duft des frisch Gebackenen erfüllt. Müde starrt die Kommissarin auf Berge von Akten, die sich auf dem Schreibtisch stapeln. Dann blinzelt sie zur hell erleuchteten Decke des Büros, an der eine Neonleuchte unaufhörlich flackert.

»Dieses Flimmern geht mir auf die Nerven. Wir müssen morgen den Haustechniker bestellen.«

»Ich mach das, Chefin.« Paul Librach schaut von seiner Arbeit auf und schielt auf die Pizza: »Schmeckt's?«

»Geht so. Irgendwas muss man ja essen.«

»Ich kann Sie gern von Ihrer Qual befreien«, bietet sich der Assistent an.

»Ja, wenn Sie sich denn partout opfern wollen …« Die Kommissarin reicht ihm lachend ein Stück Pizza herüber: »Dann hauen Sie mal rein.«

»Reinhauen? Das ist höchstens was für den hohlen Zahn«, murmelt der Assistent. Fast wehmütig denkt er an den Schweinebraten von seiner Mutter, der zu Hause im Kühlschrank auf ihn wartet. Gierig stopft er sich das Stück Pizza auf einmal in den Mund und macht sich, mit vollen Backen kauend, wieder an die Arbeit.

Der Tag bisher war anstrengend, und die beiden sind mit ihrem Pensum längst noch nicht fertig. Sie hatten kurzfristig einige Angelegenheiten zu erledigen, die keinen Aufschub duldeten. Nun arbeiten sie endlich wieder an dem Fall, der sie seit Wochen beschäftigt – ein vertrackter Fall, der mit einem zweiten Fall eventuell verflochten ist.

Wiederum wurden der Öffentlichkeit polizeiliche Interna zugespielt, diesmal über die sozialen Medien. Die Vermutung scheint sich zu bestätigen, dass die Jornalistin Susanne Braun damit zu tun hat und ein gewisser Odin Degen, alias Schwarzkopf, alias Metzner ihr Komplize ist, ein vor Kurzem aus der Haft entlassener Hacker und rechter Gewalttäter.

Die höchstwahrscheinliche Komplizenschaft von Susanne Braun und Odin Degen markiert eine Spur, die sich wie ein schmaler Silberstreif über den Horizont zieht. Allerdings ist es den Beamten bisher weder gelungen, die Verbindung zwischen den beiden explizit nachzuweisen, noch diesen Degen aufzuspüren. Es ist, als hätte der Erdboden ihn verschluckt. Daher konzentrieren sich die ermittelnden Kollegen vorerst auf Susanne Braun.

In diesem Zusammenhang gerät aber auch ein ehemaliger Kollege ins Visier: Roland Knauf. Der suspendierte Spurensicherer hatte es sich auf die Fahne geschrieben, dem Polizeiapparat zu schaden und Mitarbeiter zu diffamieren, die seinem rechtsextremen Menschenbild nicht entsprachen. Die Staatsanwaltschaft erhebt gegen ihn den schwerwiegenden Vorwurf, das Vertrauen der Menschen in den Rechtsstaat untergraben zu wollen. Ob Knauf aber mit Susanne Braun und möglicherweise auch mit Odin Degen in Verbindung stand, wird gerade ermittelt.

Barbara Eichner faltet den Pizza-Karton zusammen und wirft ihn in den Papierkorb. Dann lehnt sie sich auf ihrem Stuhl zurück und schaut demonstrativ zu dem Assistenten, der in seine Arbeit vertieft ist. Es dauert nicht lange, bis er den Blick der Chefin bemerkt.

»Sie beobachten mich«, brummt er, ohne aufzublicken.

»Stimmt. Ein Update zum Stand der Ermittlungen wäre nunmehr sinnvoll.« Die Kriminalhauptkommissarin intoniert den Satz, als sei er eine Frage.

»Wenn's denn sein muss. Ich bin ja zu jeder Schandtat bereit, wie Sie wissen«, murmelt Paul Librach leicht unwillig.

Kommissarin Eichner bleibt höflich, wenn auch mit ironischem Unterton: »Sie sind noch gar nicht dazu gekommen, mir zu erzählen, wie es auf dem Schillerplatz gelaufen ist – ich meine die Besitzer des Spielzeugladens.«

Librach dreht die Handflächen nach außen: »Da gibt's nicht viel zu berichten, besser gesagt: gar nichts. Ich habe niemanden erreicht. Der Laden ist dicht; die Besitzer sind anscheinend ausgeflogen. Ich habe mehrmals an der Wohnungstür geklingelt – nichts. Die Hausbewohner konnten mir auch nicht weiterhelfen. Eine Nachbarin vermutete allerdings, die beiden könnten zu ihrer Tochter nach Bayern gefahren sein. Ich bleibe da natürlich dran.«

Librachs Chefin zeigt sich enttäuscht: »Schade. Ist denn das Alibi von Torsten Banz inzwischen bestätigt worden?«

»Leider ja. Ich hätte ihm zu gern etwas nachgewiesen, diesem ›lupenreinen Saubermann‹, ha! Wie der sich gestern während der Vernehmung aufgeführt hat: ein Unsympath, wie er im Buche steht! – O je, Ihr strafender Blick trifft mich ins Mark. Ich wettere ja schon nicht mehr, Frau Eichner. Jedenfalls hatte Banz am Tag des Mordes ein Vorstellungsgespräch in Tübingen und die Nacht im dortigen Hotel *Venezia* verbracht.«

»Tja, was soll's? Dann haben wir uns eben geirrt«, seufzt Barbara Eichner. »Aber jetzt habe ich was für Sie. Ich wollte Sie nämlich mal über diesen Odin Degen aufklären.«

»Degen?« Der Kriminalassistent wird hellhörig. »Der sogenannte reinrassige Arier? Falls es ein Verbrecher-Gen gibt, er besitzt es garantiert.«

»Aber Herr Librach.« Barbara Eichner setzt eine rügende Miene auf. »Ich muss schon sehr bitten. Ein bisschen Mäßigung …«

Der Kriminalassistent fällt ihr unbeirrt ins Wort: »Ich habe vor Kurzem einige seiner berüchtigten Zitate im Netz gelesen. Der Mann hätte im Knast bleiben sollen, von wegen: ›Die Volksteile‹. Wenn ich das schon höre … Jedenfalls sollen diejenigen aus dem ›Volkskörper‹ entfernt werden, die sich der angeblichen ›Umvolkung‹ der Deutschen durch Islamisierung und Afrikanisierung nicht widersetzen. Das ist einfach nur widerlich. Und der soll Sie überfallen haben? Dass er sich überhaupt selber die Hände schmutzig macht …«

»Doch, es sieht ganz so aus. Sicher kann er es nicht verwinden, dass ausgerechnet eine Frau, noch dazu eine Ostdeutsche, ihn hinter Gitter gebracht hat.«

»Sieht ihm ähnlich. Frau muss hinter den Herd oder dient dem Mann als ihn schmückende Zutat. Solche frauenfeindlichen Einstellungen hatten wir in der DDR ja zum Glück schon mal überwunden. – Ähm, Sie gucken so komisch. Weil ich in DDR-Zeiten noch in die Windeln gesch … Aber es stimmt doch. Zumindest hat mir das mein Vater erzählt.« Der Assistent rutscht aufgeregt auf dem Stuhl hin und her.

Die Kommissarin will sich gerade auf keine politische Diskussion einlassen und überhört das zuletzt Gesagte: »Jedenfalls war Degen der Überfall-Täter auf der Carolabrücke, und neulich hat er versucht, im Restaurant meine Handtasche zu entwenden. Es waren seine Fingerabdrücke darauf. Das hat die DNA-Analyse einwandfrei ergeben.« Sie erwähnt den Reichsadler, den sie am Handgelenk des Überfalltäters gesehen hat.

»Hat man denn auch Spuren von Degen auf der Carolabrücke sichergestellt?«, fragt Paul Librach ungläubig.

»Das nicht, aber etwas anderes hat den Mann verraten.« Die Beamtin hält kurz inne. Dann wirft sie dem Kriminalassistenten einen beinahe triumphierenden Blick zu.

»Und was?«, bricht es aus Paul Librach heraus. Er klopft mit den Fäusten auf die Schreibtischplatte. »Chefin, jetzt lüften Sie mal das Geheimnis!«

Halb amüsiert, halb feierlich erklärt die Kommissarin, dass Degen ein auffälliges Muttermal unter dem linken Auge trage.

»Ich habe Ihnen doch erzählt, dass mir kurz vor dem Überfall ein junges Paar auf der Carolabrücke begegnet ist. Die beiden haben inzwischen bei einer Zeugenanhörung ausgesagt, einen Mann mit einer Art Leberfleck im Gesicht gesehen zu haben.«

»Krass«, meint der Assistent. »Das ist ja dann mal ein Siebenmeilenschritt in den Ermittlungen, also ich meine, was die Überfälle und wahrscheinlich auch das Stalking betrifft.«

»Das kann man wohl sagen«, erwidert Kommissarin Eichner mit einem für sie ungewöhnlich breiten Lächeln im Gesicht. »Außerdem: Es kann durchaus sein, dass Degen und diese Susanne Braun unter einer Decke stecken.«

»Sagten Sie ›Susanne Braun‹? – Vor einer halben Stunde kam ein Fax, das die Journalistin betrifft. Ich bin noch gar nicht dazu gekommen, es richtig zu lesen. Moment mal.« Paul Librach wühlt in einem Stapel von Papieren und zieht schließlich ein Schriftstück hervor: »Ah, da haben wir's doch.« Er überfliegt das Fax und erzählt mit verschmitzt strahlender Miene, man habe »Madame Braun« in einer Pressekonferenz aufgespürt. Die Journalistin sei für den kommenden Nachmittag ins Polizeipräsidium vorgeladen worden. »Unsere filmpreisverdächtigen Kollegen, na, Sie wissen schon, ›Spencer‹ und ›Hill‹«, Librach zieht spöttisch eine Augenbraue hoch, »also die beiden Kollegen sind anscheinend doch nicht so ganz auf den Kopf gefallen.«

»Mensch, Herr Librach, das sind doch wunderbare Neuigkeiten. Übrigens: Etwas mehr Respekt vor den Mitarbeitern wäre vielleicht angebracht.«

»Hört ja keiner außer Ihnen«, grunzt Paul Librach. Er beobachtet die Chefin eine Zeitlang aus den Augenwinkeln. Aber die scheint ihn vergessen zu haben.

Grübelnd blickt Barbara Eichner vor sich hin. Wie viele schlaflose Nächte verdankt sie diesem skrupellosen Degen eigentlich? Ob er nun bald hinter Gitter kommt? Sie kann sich gut an seine letzte Ergreifung vor etwa drei Jahren erinnern. Als Kopf einer rechtsradikalen, als Kletterverein getarnten Gruppierung in der Sächsischen Schweiz hatte er seine Kumpane angestiftet, mehrere Dönerläden zu überfallen. Dabei war der türkischstämmige Inhaber eines Pirnaer Ladens schwer verletzt worden.

»Man sieht sich immer zweimal im Leben, Frau Hauptkommissarin. Und dann Gnade Ihnen Gott«, drohte Degen, nachdem Barbara Eichner und ihre Kollegen den Mann in seiner Villa in einem kleinen Bergdorf im Elbsandsteingebirge gefasst und auf der Stelle verhaftet hatten.

Die Kommissarin reißt für einige Sekunden das Fenster auf und nimmt ein paar tiefe Atemzüge.

»Hitzewellen?«, witzelt ihr Assistent. »Sorry«, setzt er hinzu, als er Barbara Eichners blasses Gesicht sieht.

»Charmant, charmant«, entgegnet sie mit gespielter Entrüstung. Sie schließt das Fenster wieder. »Die Regeln nach Knigge üben wir später. Jetzt machen wir erst mal weiter mit unserem Mordfall.«

»Wir knacken die Nuss schon noch, nicht wahr liebe Barbara?« Wie aus dem Nichts ist Karsten Pollack plötzlich ins Büro getreten. Hinter ihm fällt die Tür krachend ins Schloss.

Die Kommissarin zuckt zusammen: »Mein Gott, hast du mich erschreckt. Sag mal, Karsten: Verfolgst du uns oder gibt's was Neues? Du hast ja noch deinen Dienstkittel an.«

»Oho, wir sind also schon beim ›Du‹ angekommen. Hab ich was verpasst?«, neckt Paul Librach und fährt mit klagender Stimme fort: »Was hat der Mann, was ich nicht habe?«

»Ich sage nur: ›*Lila Soße*‹«, erklärt der Rechtsmediziner und zwinkert seiner Kollegin zu. »Aber zu deiner Frage: Und ob es was Neues gibt.« Der Professor macht ein geheimnisvolles Gesicht und schweigt.

»Jetzt spann mich bloß nicht auf die Folter«, reagiert Barbara Eichner leicht gereizt. Sie wippt nervös auf dem Stuhl vor und zurück.

»Immer mit der Ruhe«, besänftigt sie Karsten Pollack. »Besser ist: Wir gehen in ein anderes Büro.« Er schielt kurz zu dem Assistenten und wirft dessen Chefin einen vielsagenden Blick zu.

»Ist schon klar. Sie wollen allein sein. Ist das jetzt dienstlich oder privat? Also wenn Sie knutschen wollen …« Der Assistent steht ruckartig auf, sodass der Stuhl umkippt.

»Jetzt mal keinen Stress, Herr Librach. Bleiben Sie schon da.« An Pollack gewandt, fügt Barbara Eichner hinzu, dass der Kriminalassistent als ihr bester Mann in alle ermittlerischen Details eingeweiht sei.

»Ich fühle mich geschmeichelt.« Paul Librach klopft sich anerkennend auf die Schulter. Dann beugt er sich umständlich nach vorn und hebt den Stuhl auf.

Ein bisschen enttäuscht gibt sich der Professor geschlagen: »Ist ja gut. Na, dann schaut mal her. Ich wollte dir das schon neulich zeigen.«

»Jetzt bin ich aber gespannt.« Barbara Eichner schaukelt noch immer auf dem Stuhl.

»Kann ich da mal etwas ausleihen?« Ohne eine Antwort abzuwarten, geht Karsten Pollack zur Pinnwand, an der mehrere Fotos und Bilder hängen, Aufnahmen von Verdächtigen, Skizzen, Fotos von Tatorten und eine Urlaubskarte aus Kanada. Der Rechtsmediziner nimmt das Phantombild des Joggers ab und legt es auf den Schreibtisch vor Barbara Eichner. »So, das ist unser unauffindbarer Zeuge. Und jetzt schaut mal her: Ich habe nämlich meine Beziehungen spielen lassen und das hier besorgt.« Er kramt eine zerknitterte Kopie aus seinem Kittel hervor, streicht sie glatt und legt sie neben das Bild des Joggers. »Wir hatten vor zehn Jahren in Hamburg eine Praktikantin, die damals jedes mögliche und unmögliche Motiv fotografierte, um ihre neue Kamera auszuprobieren. Jedenfalls hat sie auch dieses Foto geschossen.« Er tippt mehrmals mit dem Zeigefinger auf die Kopie. »Das war die Zeugin im Hamburger Mordfall, die dann spurlos verschwunden ist, die quasi nicht existiert. Und hier nun der Jogger. Jetzt schaut euch doch mal die beiden ganz genau an.« Der Professor beobachtet, wie Barbara Eichner und Paul Librach die Bilder mit wachsendem Erstaunen betrachten.

»Unglaublich!«, bricht es aus der Kommissarin schließlich hervor. Sie hört abrupt mit dem Stuhlschaukeln auf und schüttelt völlig perplex den Kopf: »Das … das ist ja nicht zu fassen.«

Auch Paul Librach starrt verdutzt auf die beiden Gesichter: »Die Nase, die blässlichen Augen, das schmale Kinn – diese Ähnlichkeit.«

»Das müssen Geschwister sein. Oder aber …« Barbara Eichner bleibt vor Erstaunen der Mund offen stehen. »Sag mal, Karsten, und wenn das …« Ihre Worte gehen im Heulen des Feueralarms unter, der urplötzlich durch das Polizeipräsidium tönt.

19

Kurz nachdem die drei Kollegen das Gebäude über den Notausgang verlassen haben, hören sie das Schrillen eines Martinshorns. Am Ende der Schießgasse blinkt das Blaulicht der Feuerwehr, die sich in rasantem Tempo nähert. Der Beamte vom Sicherheitsdienst hatte die Einsatzkräfte informiert.

»Wahrscheinlich hat wieder so een Verbrecher nen Feuerwerkskörper geschmissen«, mutmaßt der Security-Mann. »Im zweeten Stock war's Fenster noch ni geschlossen.«

»Ach so. Und ich hatte schon befürchtet …« Vom schnellen Laufen nach Atem ringend, lässt Paul Librach offen, was er vermutet hat.

»Hab ich's euch nicht gesagt?«, fragt Karsten Pollack die beiden Kriminalbeamten. »Ihr seht schon Gespenster.«

»Du hast ja recht.« Barbara Eichner zuckt mit den Schultern und steckt die Dienstwaffe in die Jackentasche. Ihr tun die Finger weh, und sie macht ein paar Lockerungsübungen. Sie hatte die Pistole die ganze Zeit entsichert in der Hand gehalten. »Tja, und nun? Was machen wir mit dem angebrochenen Abend? Zwangspause und dann weiterarbeiten?«, fragt sie und blickt in die Runde.

»Och nee, Frau Eichner. Jetzt gehn se mal heem. Das hier kann dauern«, meint der Security-Mann.

»Also falls Sie noch ausgehen wollen: Ich bin raus, habe was Wichtiges vor. Das lässt sich nicht aufschieben«, erklärt der Kriminalassistent und verschweigt, dass es sich bei der bedeutsamen Angelegenheit um den Verzehr eines Schweinebratens handelt.

Karsten Pollack zieht den Kittel aus und stopft ihn in die Aktentasche, die er in der Eile noch vom Schreibtisch gegriffen hat. »Dann musst du wohl mit mir vorliebnehmen, liebe Barbara. Schlimm?« Pollack bietet ihr seinen Arm an.

Schelmisch schaut Barbara Eichner den Kollegen an. Nach kurzem Zögern hakt sie sich bei ihm ein.

»Ob ich will oder nicht, das Angebot kann ich jetzt wohl kaum ausschlagen, oder? – Dann bis morgen, Herr Librach.«

»Schönen Abend, Chefin. Und passen Sie gut auf die Dame auf«, wendet sich der Kriminalassistent an den Rechtsmediziner, bevor er behäbig zu seinem Wagen trottet, den er unweit der Dienststelle geparkt hat.

»Ich kenne ein nettes russisches Restaurant auf der Hauptstraße«, schlägt der Mediziner vor. »Was meinst du, wollen wir da hin? Es ist richtig gemütlich. Außerdem arbeitet dort der Bruder meines Freundes Sascha als Koch.«

»Ach ja? Du meinst das *St. Petersburg*? Gerne. Schwere dunkelrote Polsterstühle, Kronleuchter und erstklassige Pelmeni. Kenne ich. Wir haben dort vor nicht allzu langer Zeit mit einigen Kollegen gegessen. Die Bedienung ist original russisch. Da konnte ich mal wieder mein verschüttetes Vokabular hervorkramen.« Die Beamtin erzählt, das Restaurant wecke in ihr Erinnerungen an Russland. Sie habe kurz vor der Wende ein Auslandsstudienjahr in Moskau absolviert: Philosophie – streng und orthodox. »Wir mussten noch aufstehen, wenn der Dozent oder die Dozentin den Seminarraum betrat. Es hätte nur noch gefehlt, dass wir salutieren. Damals hieß es, die Sowjetunion sei der DDR in der Entwicklung einen Schritt voraus: Grundlagen des Kommunismus hieß die Phase. Viel war davon allerdings nicht zu merken. Es gab ja nicht mal genug zu essen. Wir haben Ölsardinen warm gemacht und haufenweise Kapusta gegessen, also gebratenen Weißkohl«, erklärt sie, als sie Karsten Pollacks fragende Miene bemerkt.

Barbara Eichner ist ins Erzählen geraten, und Karsten Pollack hört ihr mit wachsendem Wohlgefühl zu. Er spürt ihren Arm auf seinem, ihre körperliche Nähe. Plötzlich überkommt ihn die absurde Idee, einfach so mit ihr immer weiterzugehen, die ganze

Nacht lang bis zum Morgengrauen, ohne Hintergedanken an eine Steigerung, von der am nächsten Tag vielleicht nur noch eine schale Erinnerung zurückbleiben würde.

Die Kommissarin hat etwas von diesen ostdeutschen Frauen, die schon immer ihr Leben selbstbestimmt gemeistert haben, die sich nicht unterkriegen lassen. Ja, Barbara Eichner besitzt eine bewundernswerte Stärke und wirkt mitunter dennoch verletzlich.

Pollack schaut sie fasziniert an. Für kurze Zeit kommt ihm seine Ex in den Sinn, der ein luxuriöses Leben mit einem Professor für Medizin wichtiger war, als eine anspruchslose aufrichtige Liebe. Dann drängt sich Franziska in seine Erinnerung. Er lächelt kurz und schiebt den Gedanken an sie beiseite.

Zärtlich küsst er Barbara Eichner auf die Wange. Als sie sich nicht sträubt, bleibt Pollack stehen, nimmt sie in die Arme und küsst sie auf den Mund. Er spürt ihre Hingabe, doch im nächsten Moment macht sie sich von ihm los.

»Karsten, das geht nicht«, sagt sie und blickt ihn entschlossen an.

»Aber warum? Küsse ich so schlecht?«

Der Rechtsmediziner beobachtet belustigt und gerührt zugleich, wie Barbara Eichner die Lippen aufeinanderpresst und das Kinn nach vorn schiebt. Und schon ist das Gefühl wieder da, er muss diese zerbrechliche Frau beschützen, sie vor Unrecht bewahren. Ob er will oder nicht, Karsten Pollack muss sich eingestehen, dass er Verantwortung für Barbara Eichner empfindet. Dabei hatte er sich nach seiner letzten Trennung geschworen, nie wieder für jemanden so etwas wie Pflichtgefühl aufkommen zu lassen.

Was macht die Kriminalhauptkommissarin mit ihm? Schafft sie es tatsächlich, ihn aus dem Konzept zu bringen? Außer seiner Ex ist das noch keiner gelungen. Der Mediziner fühlt sich in Barbara Eichners Bann gezogen, und gleichzeitig ärgert er sich darüber.

»Du bist mir böse?«, fragt die Kommissarin. »Ach Karsten, ein paar Küsse weniger kannst du, glaube ich, gut verschmerzen.« Sie hakt sich wieder bei ihm ein: »Komm, gehen wir.«

Sie überqueren die Brühlsche Terrasse, links das Albertinum, die Akademie der Künste. Ein Stück weiter kommen sie an der Plastik der berstenden Weltkugel vorbei. Um die Skulptur herum sind sieben Bodenplatten eingelassen, denen römische Götternamen zugeordnet sind. Jede Gottheit – ein Spruch.

»Venus: Liebe herrschet ohne Gesetz« springt dem Professor ins Auge. Auch das noch. Er geht schneller, sodass Barbara Eichner kaum mithalten kann. Schließlich steigen sie die von vier Figurenensembles gesäumte Freitreppe hinunter. Die Skulpturen stellen Allegorien der vier Tageszeiten dar: Morgen, Mittag, Abend, Nacht.

Eine Gruppe Touristen kommt ihnen entgegen. Der Stadtführer im historischen Gewand erzählt etwas in einer slawischen Sprache. Hoch oben, am nachtblauen Himmel, kreist ein Hubschrauber über der Stadt.

Als die beiden die Augustusbrücke erreichen, bleibt Kommissarin Eichner stehen. »Sieh mal: Von der Elbe wird bald nur noch ein Rinnsal übrig sein. Es hat aber auch wirklich nicht genug geregnet in der letzten Zeit.«

Sie lehnen sich an die Brüstung und blicken auf das Wasser. Ein Polizeiboot jagt laut brummend den Fluss entlang in Richtung Sächsische Schweiz. Es hinterlässt eine Spur aus weißem Schaum, der noch eine Zeitlang wie geschlagener Eischnee auf dem Elbwasser treibt.

»Es ist gerade zu viel los, Karsten. Der Mordfall, bei dem wir immer noch keinen Durchbruch erzielt haben. Dann der Stalker, der mir den Schlaf raubt. Und ich weiß nicht mal genau, ob der eine Fall mit dem anderen etwas zu tun hat.«

Karsten Pollack streicht ihr sanft über den Oberarm: »Du musst dich nicht entschuldigen. Alles gut.«

Barbara Eichner schaut den Professor erschöpft an: »Kennst du das Gefühl, irgendwie ohnmächtig zu sein? Du tust und tust, rackerst dich ab, und am Ende bleibt doch alles beim Alten. Ich hatte mal die Illusion, das Böse zu besiegen, aber alles, was ich mache, verdunstet wie Tropfen auf heißen Steinen.«

»Die Schurken wachsen immer wieder nach. Meinst du das?«

Die Kommissarin nickt nachdenklich: »Ja, so ähnlich. Ich frage mich oft, ob der Mensch von Natur aus tatsächlich einen Hang zum Bösen hat, wie von Immanuel Kant beschrieben.«

Karsten Pollack stößt einen tiefen Atemzug aus: »Kompliziertes Thema. Von wegen ›Selbstverantwortung für unser Handeln‹ und ›Freiheit des Willens‹. Die moderne Hirnforschung geht ja nun eher von einem egoistischen Gen aus.«

»Du klingst ja schon fast wie Paul Librach. Demnach kann keiner was dafür, dass er ist, wie er ist? Dann sind wir zwei ja eigentlich obsolet, oder?«

»Also das sehe ich ganz anders. Ich finde, dass gerade wir absolut nicht überflüssig sind.« Pollack zieht Barbara Eichner in seine Arme und küsst sie wieder. Diesmal verweigert sie sich nicht. Dann stehen sie lange eng aneinandergeschmiegt beieinander und blicken auf den gleichmäßig dahinströmenden Fluss.

Weshalb er eigentlich Rechtsmediziner geworden sei, fragt die Kommissarin, das Schweigen zwischen ihnen unterbrechend.

Ursprünglich habe er sich für Forensische Psychiatrie interessiert. Er wollte wissen, warum Menschen zu Verbrechern werden. »Aber je schlauer sie sind, desto weniger geben sie die wahren Motive preis. Als Rechtsmediziner erfahre ich viel mehr über die Täter anhand ihrer Spuren, durch die Untersuchung der Opfer.« Der Professor blickt auf Barbara Eichner herab. In seinen Augen blitzt der Schalk. »Zufrieden mit der Antwort, Frau Kommissarin? Oder komme ich in Untersuchungshaft wegen einer Falschaussage? Also, wenn ich es so recht bedenke, mit dir zusammen könnte ich es schon in einer Zelle aushalten – auf getrennten Pritschen, versteht sich.«

Barbara Eichner hört nicht mehr zu. Das Aufheulen eines Motors hat sie erschreckt. Sie dreht sich um. Ihr Blick gleitet an der Brücke entlang. Es sind keine Fußgänger unterwegs. Nur ein Motorrad kommt aus der Neustadt angebraust. Die Kommissarin hat die Augen auf den Fahrer geheftet. Er trägt einen Stahlhelm, auf den ein neonweißer Totenschädel lackiert ist. Das Gesicht des Mannes ist mit einem schwarzen Tuch vermummt. Im Licht der Straßenlaternen sieht es so aus, als halte der maskierte Sensenmann direkt auf Barbara Eichner und Karsten Pollack zu.

Als das Motorrad fast ihre Höhe erreicht hat, bremst der Fahrer scharf mit ohrenbetäubendem Quietschen. Dann springt er von seiner Maschine und stürmt auf die Beamten zu.

»Was soll …«, ruft Pollack empört und stockt mitten im Satz, da ihn ein Faustschlag trifft. Er bricht zusammen und bleibt reglos auf dem Gehweg liegen.

»Hände hoch!«, stößt die Beamtin hervor. Sie zückt ihre Dienstwaffe und richtet sie auf den Mann.

»Halt's Maul!«, brüllt der und wirft sich auf sie. Die beiden stürzen zu Boden und Barbara Eichner rutscht die Waffe aus der Hand. Der schwere Körper des Mannes drückt der Kommissarin den Atem ab. Röchelnd schnappt sie nach Luft. Im Handgemenge spürt sie, wie der brutale Angreifer sie immer mehr niederringt. Ihre Gelenke knacken. Aus ihrer Kehle dringt ein erstickter Hilferuf.

Mit letzter verzweifelter Kraft presst die Beamtin die Fingerspitzen in seine Augen. Mit einem gellenden Aufschrei lässt er sie endlich los.

Keuchend kriecht Barbara Eichner auf die Pistole zu. Gerade als sie mit zitternder Hand die Waffe ergreift, stürzt sich der Angreifer erneut auf sie. Wieder ringt sie nach Atem. Dann trifft sie ein Schlag am Kopf. Mit verzerrtem Gesicht beißt sie die Zähne zusammen. Ihre Finger krampfen sich um die Waffe. Sie hebt den Arm, zielt und drückt ab.

Brüllend wie ein verletztes Tier, rollt der Angreifer auf die Straße und bleibt liegen. Die Pistole auf ihn gerichtet, tritt Kommissarin Eichner an den Mann heran und reißt ihm blitzschnell das Tuch vom Gesicht. Vor ihr krümmt sich wie ein Wurm: Odin Degen.

20

»Sag mal, Franziska, was tippt ihr jungen Leute denn immer auf euren Handys herum? Da sitzt nun ein einzigartiges Exemplar der männlichen Spezies neben dir und du nimmst kaum Notiz von ihm.« Karsten Pollack wirft einen spöttischen, aber auch ein wenig befremdeten Blick auf seine Begleiterin, die seit Beginn ihrer gemeinsamen Bahnfahrt ununterbrochen mit dem Smartphone beschäftigt ist.

Franziska legt das Handy beiseite und wendet sich mit aufgesetzter finsterer Miene dem Rechtsmediziner zu. Sie bewege sich auf äußerst diskretem Terrain, im Darknet sozusagen. Beim aktuellen Stand der Dinge könne sie ihn leider noch nicht in ihre dunklen Machenschaften einweihen. Aber er sei der Erste, der davon erfahren werde. »Außerdem erzählst du mir ja auch nicht, wer dir den hübschen Lidschatten am linken Auge verpasst hat. Ich tippe mal, es war eine verschmähte Gspusi.«

»Soso, wir haben also Geheimnisse voreinander.« Schmunzelnd taxiert der Mediziner seine Begleiterin.

Ob sie wisse, dass das Geheimnis eine Errungenschaft der Menschheit sei. Es erhöhe die Autonomie einer Person. Andererseits wirke es sich positiv auf das Wohlbefinden aus, ein Geheimnis zu lüften. »Wenn du also darüber reden willst: Ich habe die Rolle des Zuhörers und Beichtvaters quasi mit der Muttermilch aufgesogen – also im übertragenen Sinne. Ansonsten habe ich gewiss schon damals den Scotch Whisky der Muttermilch vorgezogen.«

»Ich denke darüber nach. Allerdings, gib's zu: Ihr Männer fühlt euch doch von der rätselhaften Aura einer Frau angezogen.« Franziska betrachtet den Professor mit geneigtem Kopf und registriert seine erweiterten Pupillen, ein Zeichen für emotionale Erregung. Ihretwegen? Zweifellos. Karsten Pollack hat ein Faible für sie. Ihre Begegnungen haben etwas Leichtes, Schwebendes und spontan Unverbindliches. Obwohl Pollack ihr beim letzten Treffen zu verstehen gegeben hat, keine Affäre mit ihr anzustreben, knistert es dennoch spürbar zwischen ihnen.

Franziska schaut aus dem Fenster und zwirbelt nachdenklich eine Haarsträhne zwischen den Fingern. Sie beobachtet, wie Felder und Ortschaften wie ein Film an ihr vorbeiziehen und in die Ferne rücken. Wie schnell doch das Gegenwärtige verrinnt. Gerade noch greifbar nahe, gehört der Moment schon wieder der Vergangenheit an. Deshalb will sie jeden intensiven Moment auch ausleben, ihn bis zuletzt ausschöpfen, gerade weil er so einzigartig ist und sich nie wiederholen wird. Franziska will das Leben erleben – in all seiner Intensität. Vor allem aber will sie lernen, Erfahrungen sammeln, Einsichten gewinnen. Sie saugt Wissen und Erkenntnisse auf wie ein Schwamm. Irgendwo hat sie einmal gelesen, Lernen sei wie Rudern gegen den Strom. Wenn man damit aufhöre, treibe man zurück.

Karsten Pollack passte sie heute Mittag am Eingang des Vorlesungssaals ab, er fahre auf ein zweitägiges juristisch-forensisches Kolloquium nach Leipzig und habe vorausschauend eine Bahnfahrkarte für zwei Personen gekauft. Augenblicklich ließ Franziska ihre Lehrveranstaltung sausen. Unterwegs erfuhr sie dann, Pollack habe zwei Einzelzimmer im zentral gelegenen *Seaside Park Hotel* gebucht, zwar ohne Seeblick, dafür aber all-inclusive, was Flachbild-TV, Fön und Kosmetikspiegel einschließe. Außerdem gebe es eine Flasche Rotkäppchen-Sekt bei der Anreise, sodass sie nach dem Genuss desselben beschwingt dem Kolloquium beiwohnen würden. Seine Frage, ob sie trinkfest sei, verneinte sie und plädierte dafür, das Gelage auf den Abend zu vertagen.

Franziska freut sich über die Abwechslung. Es ist Prüfungszeit. Zwei Examina hat sie bereits bestanden, mit super Ergebnissen: 1,7 und 1,4. Die nächsten Prüfungstermine sind erst in der kommenden Woche. Sie hat also noch genügend Zeit bis dahin.

»Worum genau geht's denn in dem Kolloquium?«, fragt Franziska. Sie spielt noch immer mit ihren Haaren.

»Strafrecht, Zivilrecht, Maßregelvollzug für psychisch kranke Täter und solche Sachen. Ein Kollege aus der Arnsdorfer Klinik leitet das Kolloquium. Er hat mich gebeten, einen Vortrag zu halten.«

Franziska horcht auf: »Dieser Spezialist für Forensische Psychiatrie, von dem du mir neulich erzählt hast?«

Der Professor nickt: »Hm, genau der.«

»Stark«, freut sich Franziska. »Ich hab erst letzte Woche einen Artikel von ihm gelesen. Echt spannend und richtig gut geschrieben!«

»Was du alles liest«, wundert sich der Rechtsmediziner.

»Ja klar, als künftige Profilerin … In dem Artikel geht es übrigens um Missbrauchsopfer, dass sie später sogar zu Tätern werden können. Ich habe lange darüber nachgedacht. Eigentlich muss man sie doch verstehen, wenn sie straffällig werden, oder?«

»Verständnis für die Täter?« Karsten Pollack schüttelt vehement den Kopf. »Nee du. Verbrechen bleibt Verbrechen. Verständnis: nein. Verstehen: ja. Ich meine, als spätere Fallanalytikerin musst du …« Pollack pausiert und schaut Franziska vielsagend an. »Also wofür du ein Gespür entwickeln musst, sind die Motive, die hinter einer Tat stecken.«

Franziska nickt seufzend: »Eine anspruchsvolle Aufgabe. Aber wir lieben ja die Herausforderung, oder? – Ähm, seid ihr eigentlich mit dem Fall weitergekommen?«, fragt sie wie beiläufig und blickt scheinbar gleichgültig auf ihre Füße. »Na, du weißt schon, der Mord vor ein paar Wochen in der Dresdner Heide. Wir hatten die Leiche ja damals entdeckt.« Sie räuspert sich gewichtig.

»Vielleicht. Vielleicht auch nicht.« Der Rechtsmediziner hebt die Schultern und dreht die Handflächen nach außen. »Du wirst noch früh genug davon erfahren – aus der Presse natürlich.«

»Ach Karsten, jetzt sei mal nicht so … so zugeknöpft.« Franziska rückt ganz nah an ihn heran. »Kann ich dir denn wenigstens eine kleine Information entlocken? Eine klitzekleine. Bitte, bitte!«

»Keine Chance«, entgegnet der Professor fast ein bisschen streng.

»Die Fahrkarten bitte!«, tönt die Stimme der Schaffnerin durch das Abteil. Sie stellt sich neben Karsten Pollack und schaut belustigt zu, wie er in seinem mit Papieren gefüllten Aktenkoffer wühlt und ihr dabei entschuldigende Blicke zuwirft. Zuletzt zieht der Rechtsmediziner das Ticket aus der Tasche hervor und reicht es ihr. Sie stempelt es und gibt es ihm lächelnd zurück. »Gute Weiterfahrt.«

Karsten Pollack bedankt sich. Er schaut der Schaffnerin nach, wie sie mit wiegenden Schritten auf den nächsten Passagier zusteuert. Gerade will sich der Rechtsmediziner wieder seiner Begleiterin zuwenden, da schießt ihm ein Gedanke durch den Kopf. »Sorry, Franziska. Ich muss eben noch was notieren. Uno momento, bin gleich wieder für dich da.« Er nimmt einen Stoß bedruckter Seiten aus der Aktentasche heraus. Dann greift er nach dem Bleistift in der Brusttasche seines Jacketts und vertieft sich in das Manuskript.

Neugierig liest Franziska mehrere Abschnitte der Niederschrift quer. Schließlich langt sie wieder nach dem Handy und drückt die Standby-Taste. Eine verschlüsselte Mitteilung ist eingegangen. Franziska ist gerade nicht danach, sie zu lesen. Schließlich öffnet sie die Mail aber doch und gibt ihre Passphrase ein. Danach schließt sie den Statusdialog und liest die entschlüsselte Nachricht: »Hab lange nichts von dir gehört. Alles in Ordnung? Melde dich mal wieder. Hermaphrodita.«

Franziska blickt nachdenklich vor sich hin. Sie hatte den Kontakt in den letzten Tagen auf Eis gelegt, aus Mangel an Zeit, redete sie sich ein. Aber sie kann sich nicht auf Dauer vor Hermaphrodita verschließen. Sie muss reagieren. Und ihre innere Stimme sagt ihr längst, dass sie weitermachen, ihre Mission zu Ende bringen muss. Denn sollte, wer A sagt, nicht auch B sagen? Und trägt sie nicht eine Verantwortung?

»Es war viel los in den letzten Tagen. Bin wieder online. F. R.«, tippt sie in das Smartphone und sendet eine verschlüsselte Mail.

Kurz darauf geht eine neue Nachricht ein: »Na endlich, habe deine Posts vermisst! Muss dir was erzählen: Mir ist ein Mann über den Weg gelaufen, Ende fünfzig. Der Kerl sieht fast so aus wie er.«

Auf Franziskas Stirn erscheinen winzige Schweißperlen. »Wo hast du ihn kennengelernt?«, tippt sie mit leicht zittrigen Fingern.

»Hab ihn im Großen Garten aufgegabelt. Er saß auf einer Bank, und ich bin einfach hin. Habe ihn angequatscht. Wir chatten fast jeden Tag. Ich mach ihn heiß, törne ihn an. Das gefällt ihm. Der Typ steht auf mich.«

Franziska fährt zusammen. Nach kurzem Nachdenken postet sie erneut: »Datest du ihn?«

»Bisher nicht. Ich lass ihn zappeln. Spinne meine Netze … Kennst du die Schwarze Witwe?«

Bestürzt legt Franziska das Handy beiseite. Und ob sie die Schwarze Witwe kennt, eine Spinnenart. Vor der Paarung webt das Männchen ein Netz um seine Partnerin und fesselt sie. Ist der Akt vollzogen, befreit sich das Weibchen und frisst das Männchen auf.

Was hat diese Frau vor, die sich Hermaphrodita nennt? Treibt sie erneut ihr perfides Spiel? Wird sie im wahrsten Sinne des Wortes über Leichen gehen? Franziska hält die Hand vor den

Mund und schüttelt den Kopf. Im Grunde weiß sie doch die ganze Zeit, mit wem sie sich da eingelassen hat. Am Ende ist alles eine Frage der Zeit und der Gelegenheit.

Aber darf Franziska noch länger schweigen? Soll sie zusehen, wie diese zutiefst verletzte und unberechenbare Frau bis zum Äußersten geht? Franziska nimmt sich fest vor, ihre Chatpartnerin nicht mehr aus den Augen zu lassen. Sie könnte sich natürlich auch Karsten Pollack anvertrauen. Oder sollte sie doch diese Kriminalkommissarin …

»Alles in Ordnung?«, fragt der Professor. Er schaut Franziska kurz aus den Augenwinkeln an, während er im Manuskript blättert.

»Ja, klar. Mir geht's super«, antwortet Franziska mit belegter Stimme.

»Chattest du mit deinem Freund?«, erkundigt sich der Professor und kritzelt etwas auf den Rand seines Skripts.

»Erraten. Er macht gerade ein bisschen Stress.«

Der Rechtsmediziner heftet die Vortragsunterlagen mit einer Büroklammer zusammen und legt sie zurück in die Aktentasche. »Soll ich ihn mir mal vorknöpfen? Mit ihm reden, so von Mann zu Mann?«, bietet er sich an und gestikuliert, als wollte er jemandem einen Schlag verpassen.

»Bloß nicht noch ein Veilchen. Ich komm schon zurecht«, versichert Franziska und ringt sich ein Lächeln ab.

Als der Rechtsmediziner eine Clownsmiene aufsetzt, bricht sie schließlich in lautes Gelächter aus. Karsten Pollack malt mit dem Finger ein Smiley auf die Fensterscheibe. Dann wirft er einem schräg gegenüber sitzenden Reisegast, der die beiden schon die ganze Zeit durch seine Hornbrille mustert, einen nonchalanten Blick zu.

Nach einer Weile dringt ein Knacken aus den Lautsprechern, und die Schaffnerin verkündet, der Zug werde in Kürze den Bahnhof Riesa erreichen. Franziska denkt kurz an Frank. Heute

Abend wird sie mit ihm telefonieren. Dass sie ein forensisches Kolloquium besucht, erzählt sie ihm besser nicht. Frank würde es nicht verstehen.

Er würde ihr Vorwürfe machen. Sie solle sich auf das Studium konzentrieren, sie solle nicht ermitteln, sie solle dies und das. Wahrscheinlich wäre er auch noch eifersüchtig.

Als der IC quietschend anhält, steigen nur wenige Fahrgäste aus. Auf dem Bahnsteig schieben sich die Leute zum Ausgang. Ein grauhaariger Mann mit einem Blumenstrauß in der Hand winkt jemandem zu. Ein Stück weiter zerrt ein brüllendes Kind am Arm der Mutter. Durch den Bahnhofslautsprecher plärrt eine Durchsage, die Regionalbahn nach Elsterwerda habe zwanzig Minuten Verspätung.

Nur wenige Fahrgäste steigen in den Zug nach Leipzig. Karsten Pollack und Franziska beobachten, wie sich zwei Bockwurst kauende, dickliche Rentner ihnen gegenüber niederlassen. Der Geruch nach Senf und heißer Wurst weht durch das Abteil.

»Hunger?«, fragt der Rechtsmediziner seine Begleiterin und zieht ein belegtes Brot aus der Aktentasche. Er hält es Franziska unter die Nase, und die beiden beißen fast gleichzeitig hinein.

21

»Wir sind uns absolut sicher, dass Sie etwas mit Odin Degen zu tun haben, Frau Braun.« Geblendet von der Nachmittagssonne kurbelt Barbara Eichner die Jalousie im kleinen Konferenzraum herunter und setzt sich wieder der Journalistin gegenüber. »Außerdem wissen wir aus sicherer Quelle, dass auch Roland Knauf zu Ihrem Netzwerk gehört.« Die Kommissarin denkt an die Eilmeldung, die der Kriminalassistent heute Mittag triumphierend auf ihren Schreibtisch gelegt hat.

»Unsere lieben Kollegen«, begann Paul Librach ironisch, »also ›Spencer‹ und ›Hill‹ haben etwas höchst Interessantes herausgefunden: Odin Degen und Susanne Braun waren ein Paar. Und – es wird noch besser – Roland Knauf ist bestens bekannt mit den beiden. Na, ist das nicht sensationell?«

Die drei haben sich offenbar in dem von Degen geleiteten, rechtslastigen Kletterverein in der Sächsischen Schweiz kennengelernt. Es gebe noch ein altes Foto in einem Blog für registrierte Vereinsmitglieder: Susanne Braun und Odin Degen stehen Hand in Hand und sehen einander verliebt an. Daneben posen in Springerstiefeln und Polohemden mit hochgekrempelten Ärmeln zwei grinsende Männer. Einer von ihnen ist Roland Knauf.

»Also Frau Braun: leugnen ist zwecklos. Von wem sonst haben Sie die polizeiinternen Daten? Erst letzte Woche ist wieder etwas in diesem skandalheischenden Blättchen veröffentlicht worden. Doch damit nicht genug, Sie streuen außerdem noch das eine oder andere Gerücht über unsere Mitarbeiter. Ich erinnere nur an den Artikel, in dem es um den Rechtsmediziner geht. Es ist eine infame Anschuldigung, er sei in den Hamburger Mordfall verwickelt gewesen und, ich zitiere: ›den Indizien entsprechend‹ würde er auch in Dresden unter Mordverdacht stehen. Haben Sie schon mal daran gedacht, dass Ihnen solch eine unbelegte Behauptung eine Verleumdungsklage einbringen kann?«

Kommissarin Eichner hält Susanne Braun die Boulevardzeitung unter die Nase. Mit blitzenden Augen durchbohrt sie die Journalistin, deren aufdringlicher Parfümgeruch den Raum erfüllt.

Susanne Braun bleibt unbewegt. »Das war ich nicht«, antwortet sie achselzuckend. Sie versucht vergeblich, ihr hochgerutschtes enges Kleid ein Stück hinunterzuziehen, und schlägt die Beine übereinander. »Haben Sie sonst noch was? Falls nicht, kann ich ja gehen.«

»Wann und ob Sie überhaupt gehen, bestimme immer noch ich«, entgegnet Barbara Eichner mit einem gebieterischen Unterton in der Stimme. Sie reicht der Journalistin das Phantombild des Joggers, ohne sie aus den Augen zu lassen: »Ist Ihnen dieser Mann schon mal begegnet?«

Susanne Braun wirft einen Blick auf das Portrait und antwortet gleichgültig: »Das ist doch der, den Sie suchen, oder? Nie gesehen, außer natürlich auf den Anzeigen der Polizei.« Sie schaut der Kommissarin geradewegs in die Augen, und Barbara Eichner hat das Gefühl, dass Susanne Braun die Wahrheit sagt. Wenn dem so wäre, würde es Barbara Eichners ohnehin etwas vage Hypothese widerlegen, dass der aktuelle Mordfall mit den Überfällen und Stalking-Taten im Zusammenhang stehen könnte.

»Chefin, können Sie mal kurz?« Paul Librach hat den Kopf durch die Tür gesteckt und winkt seine Chefin zu sich. Diese erhebt sich unwillig und verlässt mit einem an Susanne Braun gerichteten »Komme gleich wieder« den Raum.

»Ich hoffe, es ist etwas Wichtiges, Herr Librach«, meint sie mit süffisanter Miene und verschränkt die Arme vor der Brust.

»Das ist es ganz sicher, Frau Eichner. Die Braun hat anscheinend eine Menge Schulden. Wie es aussieht, wird sie sich wegen Betruges und Steuerhinterziehung zu verantworten haben.«

Die Beamtin zieht überrascht die Augenbrauen hoch: »Na, das ist ja mal eine interessante Neuigkeit. Das heißt also, die Dame braucht dringend Geld. Dafür ist ihr natürlich jedes Mittel recht.«

Der Kriminalassistent nickt: »Tja, mit der Nachricht haben uns die beiden Kollegen aus dem Schlaflabor wieder mal einen großen Dienst erwiesen.«

Kommissarin Eichner ignoriert Paul Librachs Bemerkung. Sie drückt die Türklinke zum Konferenzraum hinunter, lässt sie jedoch abrupt los: »Sagen Sie mal, Herr Librach, was meinen die Ärzte eigentlich? Ist Degen bereits vernehmungsfähig?«

Nickend bejaht der Assistent die Frage. Odin Degen könne schon am Nachmittag im Krankenhaus verhört werden. Da Barbara Eichner ihm offenbar nur einen Streifschuss verpasst habe, gehe es ihm den Umständen entsprechend ganz gut. Allerdings dürfe die Vernehmung nicht in die Länge gezogen werden, denn der Patient müsse sich schonen.

»Ja, sicher«, murmelt die Polizeibeamtin und verschwindet im kleinen Konferenzraum.

»So, und nun zu Ihnen«, wendet sie sich an Susanne Braun, ohne sich zu setzen. Barbara Eichner schaut von oben auf die Journalistin herab und eröffnet dieser mit steinerner Miene die gesamte Faktenlage.

»Ja und? Was soll das jetzt heißen?«, fragt Susanne Braun betont gleichgültig, während sie nervös mit ihrer Kette spielt.

»Sagen Sie's mir. Wir können das Ganze natürlich auch abkürzen. Geben Sie einfach zu, Odin Degen zu den Überfällen angestiftet zu haben. Und wenn Sie einmal dabei sind, können Sie auch gleich auspacken, welche Dienstgeheimnisse Roland Knauf an Sie weitergegeben hat. Nur um das klarzustellen: Ich habe bereits zwei Kollegen mit der Durchsuchung Ihrer Wohnung beauftragt. Dort werden sie garantiert belastendes Beweismaterial finden.«

»Das ist doch die reine Niedertracht!«, entfährt es der Journalistin, die sich aber sofort wieder zusammenreißt. »Mein Gott, tun Sie, was Sie nicht lassen können. Ohne einen Anwalt sage ich hier gar nichts mehr.« An ihrem Hals bilden sich rote Flecken. Sie nestelt noch immer an der Kette.

Mit den Worten: »Sie können inzwischen gern Ihren Anwalt anrufen«, verlässt Barbara Eichner den Raum und kehrt kurze Zeit später mit Paul Librach zurück. »Also, Frau Braun, angesichts der Faktenlage besteht bei Ihnen ein dringender Tatverdacht«, erklärt die Ermittlerin. »Deshalb sind Sie vorläufig festgenommen. Sie bleiben erst einmal in Polizeigewahrsam.« Sie wendet sich an den Assistenten: »Herr Librach, bitte kümmern Sie sich um die Dame.«

»Das können Sie gar nicht. Unerhört! Das ist Freiheitsberaubung!«, brüllt die Journalistin. »Lassen Sie mich los!« Sie zerrt am Arm des Kriminalassistenten, der sie im wahrsten Sinne des Wortes fest im Griff hat.

»Und ob wir das können«, antwortet Barbara Eichner seelenruhig. »Nur zu Ihrer Information: Wir sind befugt, Sie bis zu achtundvierzig Stunden festzuhalten, und müssen nicht einmal einen Haftrichter hinzuziehen.«

Als der Assistent und Susanne Braun das Zimmer verlassen haben, kurbelt Kommissarin Eichner die Jalousie hoch und öffnet das Fenster. Blinzelnd schaut sie zum Himmel. Ein paar schneeweiße, flauschige Wolken driften über sie hinweg. Ein Flugzeug hinterlässt einen Kondensstreifen, der sich allmählich auflöst. Die Kommissarin atmet tief ein und aus. Dann schließt sie das Fenster wieder und betritt den Korridor.

Mit einem frischen Kaffee aus dem Automaten zurück in ihrem Büro, nimmt sie einen Schluck und denkt eine Sekunde lang an Karsten Pollack, der sie nach jahrelanger Abstinenz zum Genuss des aromatischen Getränks verführt hat. Zwar ist der Automatenkaffee nicht gerade der beste, aber immerhin.

Barbara Eichner hat seit Langem wieder einmal etwas in ihrem Leben anders gemacht – eine Kleinigkeit nur, aber es kann ein Anfang sein. Sie hat letzte Nacht viel über ihr Leben nachgedacht. Es zieht an ihr vorbei, plätschert dahin – wohin, weiß sie manchmal selbst nicht. Sie hat sich vorgenommen, etwas zu ändern, will bewusster leben, intensiver. Schließlich ist das Leben ein Geschenk. Es ist das kostbarste Gut, das der Mensch besitzt.

Sie hat in der Nacht noch in den *Upanishaden* gelesen, darüber, dass wir sind, was wir denken, wollen und tun, dass wir unsere Gewohnheiten sind. Wenn wir sie ändern, ändern wir uns und unser Leben. Der Professor hält es da eher mit Sophokles. Als Barbara Eichner ihn vor Kurzem nach seiner Lebensmaxime gefragt hat, gestand er, er liebe die gelegentlichen Übertretungen. Ab und zu leiste er sich eine »charmante Missetat«. Und wie der Philosoph schon sagte, wenn man denn sündige, dann richtig und ohne schlechtes Gewissen. Vielleicht sollte sie sich besser vor ihm in Acht nehmen. Obgleich …

»Die Raubkatze hat noch ganz schön gefaucht«, unterbricht Paul Librach Barbara Eichners Gedankenfluss. Behäbig walzt er durch das Büro und lässt sich auf den Schreibtischstuhl fallen. »Aber da bin ich schon mit ganz anderen Leuten fertig geworden. Alles in Ordnung, Frau Eichner.«

»Freut mich.« Die Kommissarin strahlt den Assistenten an.

»Diese skrupellose Person sind Sie so gut wie los, Chefin, und Odin Degen auch. Ich nehme an, dass sie sich gegenseitig belasten werden, wenn es eng für sie wird. Und es wird eng werden – noch dazu für die beiden als Paar! Von Knacki Knauf ganz zu schweigen. Wie heißt es doch? Pack und Pack gesellt sich gern? Ach nee, der Spruch geht anders – egal.«

Barbara Eichner seufzt: »Ich kann's noch gar nicht richtig fassen, dass wir sie jetzt endlich drankriegen. Die haben mir ganz schön zugesetzt in den letzten Wochen.«

»Kann ich mir vorstellen, Sie Arme. – Süßstöffchen?«, fragt der Assistent. Er nimmt einen Stapel kürzlich erworbener Pralinenschachteln aus der Schublade und stellt sie in die Mitte des Schreibtischs. Die Kriminalhauptkommissarin bedient sich dankend. »Aber gerne«, antwortet Paul Librach und greift selbst nach einer Praline. Stöhnend vor gustatorischer Wonne, kaut er die Süßigkeit und langt alsbald nach einer zweiten. Eine Weile lang ist nur ein gelegentliches Schmatzen im Büro zu hören.

Dann durchbricht der Assistent das Schweigen: »Also ich rekapituliere noch einmal.« Er kratzt sich nachdenklich am Kopf und sinniert laut vor sich hin. »Erstens: Die Braun hat Schulden. Zweitens: Sie holt ihren alten Freund Odin Degen ins Boot, der die Überfälle begeht, um an Polizeiinterna zu gelangen. Außerdem bedient sie sich dieses schleimigen Spurensicherers. Und drittens: Die Informationen verkauft Susanne Braun dann teuer an die Schmierenpresse. So könnte es doch gewesen sein, oder?«

»Genau. Aber Odin Degen hatte noch ein starkes eigenes Interesse, mich zu verfolgen«, ergänzt die Kommissarin. »Um sein Ego aufzupolieren. Warum aber ausgerechnet Karsten Pollack zweimal dabei war, als Degen mich attackiert hat, ist mir schleierhaft.«

»Zufall?«, fragt Paul Librach.

Barbara Eichner schiebt die Unterlippe vor: »Kann schon sein. Vielleicht hatte Degen mit dem Rechtsmediziner aber auch noch eine Sonderrechnung offen. Immerhin engagiert sich Karsten Pollack im Dresdner Bündnis gegen Rechts. Das könnte natürlich auch Knaufs Motiv sein, weshalb er in Pollacks Unterlagen herumgeschnüffelt hat.«

Der Kriminalassistent hebt an, etwas zu sagen, als das Telefon klingelt.

Barbara Eichner drückt die Lautsprechertaste und nimmt den Hörer ab: »Ja? Was gibt's? Habt ihr was gefunden?«

Am anderen Ende der Leitung teilen die Kollegen mit, dass sie in einer verschlüsselten Datei in Susanne Brauns Laptop die Manuskripte für die Pressemitteilungen gefunden haben. Darunter seien auch mehrere Artikel mit Polizeiinterna und diversen kompromittierenden Nachrichten über Personen des öffentlichen Lebens. Außerdem haben die Kollegen mehrere Erpresserschreiben gefunden, unter anderem einen an Karsten Pollack gerichteten Brief.

»Was?«, platzt es aus der Kommissarin heraus.

Die Kollegen vermuten, das Schreiben sei womöglich nicht abgeschickt worden. Anders als die meisten Briefe enthalte es kein Ausgangsdatum.

»Aha, dann wäre das ja auch geklärt. Ja, vielen Dank, dass ihr mich gleich informiert habt. Wir sehen uns später.« Zufrieden legt Barbara Eichner den Hörer auf. Für sie ist der Fall so gut wie gelöst. Susanne Brauns Kopf steckt bereits in der Schlinge. Um Odin Degen sollen sich die Kollegen dringend kümmern. So kann sich Kommissarin Eichner nun ganz und gar dem Mordfall widmen.

22

Der Artikel für das *Forensic Psychology Journal* ist so gut wie fertig. Es fehlen nur noch einige bibliografische Angaben, die der Professor gleich morgen Früh ergänzen wird. Zufrieden lässt er den Computer herunterfahren und schaut aus dem Fenster seiner Wohnung im Innenhof der Rothenburger Straße 11. Auf dem Balkongitter hat sich eine Elster niedergelassen. Ihr heiseres Krächzen dringt an sein Ohr. Seltsam: Ein so schöner Vogel und so eine garstige Stimme. Unwillkürlich muss der Professor an seine Ex denken. Heute kamen mehrere Anrufe von ihr, doch Karsten Pollack drückte sie weg. Was konnte sie schon von ihm wollen? Natürlich Geld. – Ob es Mira wohl gut geht? Er hätte nie zulassen dürfen, dass seine Ex das alleinige Sorgerecht für sie erhält. Andererseits wollte er Mira von den Streitigkeiten der Eltern fernhalten, sie selbst und seine Beziehung zu ihr dadurch schützen.

Der Rechtsmediziner wischt sich mit der Hand über die Augen. Dann betrachtet er nachdenklich die alte Eiche vor dem Fenster, deren leicht gefärbte Blätter sich in der spätsommerlichen Brise wiegen. Ein kahler, vertrockneter Ast weist zum oberen Stockwerk des gegenüber befindlichen Altenheims, auf dessen Austritt reglos eine grauhaarige Frau steht. Ein Mann kommt hinzu, und nach kurzer Zeit verschwinden die beiden im Innern des Wohnblocks.

Zusammen alt werden – eine Illusion, oder besser: ein Irrglaube. Seit seiner Trennung hat sich Karsten Pollack von ihm befreit. Und er ist ganz gut damit gefahren. – Weshalb aber denkt er ausgerechnet jetzt an Barbara Eichner? Er ist doch wohl nicht sentimental geworden? Jetzt bleib mal locker, alter Junge, ermahnt er sich. Doch das Bild der Kommissarin lässt sich nicht so einfach wegschieben. Karsten Pollack greift zum Handy und wählt ihre Nummer. »Sehen wir uns?«, fragt er unumwunden, bevor sie etwas sagen kann.

»Dienstlich oder privat?« Die Stimme der Kommissarin klingt müde.

»Privat.« Seine Antwort klingt wie eine Frage.

»Eine schöne Idee, aber ich bin zu müde.« Sie gähnt wie zum Beweis und entschuldigt sich gleich danach.

»Also eigentlich ...«, er räuspert sich, »eigentlich auch dienstlich.« Es handle sich um eine Sache, die nicht länger warten könne. Er habe es schon viel zu lange aufgeschoben, ihr etwas Wichtiges mitzuteilen.

Nach kurzem Zögern willigt Barbara Eichner ein: »Okay, einverstanden, aber unter einer Bedingung: Du kommst zu mir nach Hause. Heute Abend mache ich keinen Schritt mehr vor die Tür.«

»Aber gerne. Ich bin auch lammfromm – wie immer«, versichert ihr der Rechtsmediziner schalkhaft. »Bis gleich.« Er holt eine Flasche Rotwein aus dem Regal und schließt die Wohnung ab. Dann stürmt er die Treppe hinunter zum Eingangsbereich des Wohnhauses, wo sein Rennrad steht. Auf dem Radweg vor dem Haus schwingt er sich in den Sattel und rast davon.

Schon wenige Minuten später sitzt der Professor in Barbara Eichners Wohnzimmer und sieht sich in dem funktional eingerichteten Raum um. Sein Blick bleibt an der Thonet-Tischgruppe hängen, auf die eine elegante Deckenleuchte ihr warmes Licht ergießt. Mein Geschmack ist das zwar nicht, aber die Frau hat Stil, geht es ihm durch den Kopf.

Er mustert seine Kollegin. Sie hat wieder den roten Lippenstift aufgetragen und trägt ein schlichtes, schwarzblaues Kleid, das ihre zarte Figur umspielt. »Du siehst gut aus.«

»Danke. Du auch.« Barbara Eichner stellt ein Schälchen mit Salzgebäck auf den Couchtisch. Sie entnimmt der Schrankvitrine zwei Kristallgläser und gießt den Wein ein. »Das ist übrigens

Schmuggelware«, erklärt sie und weist auf die Gläser. Sie erzählt lächelnd, wie sie das Set vor der Wende aus der damaligen Tschechoslowakei in die DDR geschmuggelt habe. Zu ihrem Glück habe der Zollbeamte ihre Tasche nicht durchsucht. »Man durfte damals nur einen bestimmten Geldbetrag umtauschen.« Also habe sie Geld von ihrem Vater erhalten, der in seiner Firma in allerhand Tauschgeschäfte verwickelt gewesen sei, und es in einem doppelten Boden in ihrer Reisetasche versteckt.

»Du warst ja ganz schön ausgekocht. Das hätte ich dir gar nicht zugetraut.«

»Tja, wie heißt es? Stille Wasser?« Barbara Eichner setzt sich neben Karsten Pollack auf das Ledersofa und prostet ihm zu. »Der Wein ist gut«, bemerkt sie und fragt, welche Nachricht denn so dringend sei.

»Es geht … um Franziska«, beginnt Karsten Pollack zögernd.

Barbara Eichner zieht erstaunt die Augenbrauen hoch: »Ihr duzt euch? Was hast du denn mit dieser Möchtegern-Ermittlerin zu tun?« Mit steinerner Miene zupft sie an ihrem rechten Ohrläppchen.

»Nichts von Belang«, weicht der Rechtsmediziner aus. Er will ihr nicht wehtun. Sie würde die kleine Flirterei mit Franziska sicher falsch verstehen. »Sie war zweimal zu Konsultationen bei mir und hat mich ausgefragt, nach allem Möglichen. Ich hab so ein Gefühl, sie interessiert sich nicht nur für Forensik, sondern …«

»Sondern was?« Barbara Eichner ist auf einmal ganz Ohr und schaut den Rechtsmediziner mit großen Augen an. »Sag bloß, sie pfuscht uns noch immer ins Handwerk. Sie hat mir versichert …«

Der Mediziner wiegt unentschieden den Kopf: »Es ist nur so ein Gefühl. Aber vielleicht solltest du sie mal kontaktieren. Ermitteln ist schließlich kein Kinderspiel.«

Er denkt an die Nacht, die er zusammen mit Franziska im Leipziger *Seaside Hotel* verbracht hat. Einmal weckten den Professor Geräusche aus dem Nachbarzimmer. Franziska telefonierte offenbar mit jemandem, und Karsten Pollack schnappte einige Satzfetzen auf: »dein Racheplan … einen unschuldigen Mann … zur Polizei gehen.« Als er an ihre Tür klopfte, reagierte Franziska nicht.

Pollack setzt fort: »Sie hat übrigens ein paar sehr interessante Fragen gestellt. Es war zwar alles recht allgemein formuliert, könnte aber genauso gut auf unseren Mordfall zutreffen. Etwas muss man der Kleinen lassen: Eine gewisse kriminalistische Begabung hat sie. Und sie ist ehrgeizig.« Pollack geht durch den Kopf, dass er Franziska einmal direkt darauf angesprochen hat, wie gefährlich Ermittlungen auf eigene Faust sind. Sie sah ihn jedoch nur mit großen Augen an und tat so, als wüsste sie von nichts.

Barbara Eichner macht ein finsteres Gesicht. Sie greift nach dem Weinglas und leert es in großen Zügen.

Der Professor rückt ganz nah an sie heran und flüstert ihr ins Ohr: »Keine Sorge, Barbara. Die Kleine kann dir natürlich nicht das Wasser reichen.« Er küsst ihr Ohrläppchen und tastet sich bis zu ihrem Mund vor. Im letzten Moment zieht sie den Kopf weg.

»Was wollte sie denn von dir wissen?«, erkundigt sich die Kommissarin und schaut Karsten Pollack forschend an. Er berichtet ihr von den Gesprächen mit Franziska. »Die Mörderin könnte also ein Missbrauchsopfer sein«, stellt Barbara Eichner fest und reibt sich nachdenklich die linke Schläfe. »Aber wie passt das alles mit dem Jogger zusammen?«

Karsten Pollack starrt sekundenlang auf die Weinflasche, als meditiere er: »Also meine These ist: Es geschehen zwei Morde, einer in Hamburg und einer in Dresden. Parallelen sind unverkennbar: vermutlich ähnlicher Tathergang, ähnliche Situation am Ort des Geschehens. Es tauchen zwei Leute auf, die sich auffallend ähneln und die mit den beiden Fällen etwas zu tun haben müssen.«

»Genau.« Sie nickt: »In Hamburg die Zeugin und in Dresden der Jogger.«

»*Exactamente*«, stimmt Karsten Pollack zu. Er steht auf und geht im Zimmer auf und ab. Dann bleibt er vor einem Kunstdruck von August Macke stehen: »Die beiden sind Bruder und Schwester, so viel ist klar.« Er tippt mit dem Zeigefinger auf das Paar am Gartentisch, als handle es sich bei ihnen um besagte Geschwister.

»Ja, aber was heißt das jetzt?«, wirft die Kommissarin ein.

»Wenn sie Geschwister sind, dann hatten sie möglicherweise das gleiche Schicksal. Sie wurden beide missbraucht«, mutmaßt der Rechtsmediziner. »Eine Erfahrung, die sie unendlich traumatisiert und verletzlich gemacht haben muss – und anscheinend auch hasserfüllt.«

»Hm. Und dann schwören sie gemeinsam Rache an irgendwelchen fremden Männern?« Barbara Eichner stößt pustend den Atem aus. »Ist das nicht eher unwahrscheinlich? Obwohl: In Amerika gab es tatsächlich Kriminalfälle, in denen missbrauchte Geschwister ihre Peiniger ermordet haben. Ich kann mich noch gut an den Fall der Menendez-Brüder erinnern, der in den Neunzigern sogar verfilmt wurde.«

Der Professor fragt, ob sich die Kommissarin an das Foto des Ermordeten im Hamburger Fall erinnere und ob ihr aufgefallen sei, dass Stefan Baumann und er in einigen äußerlichen Merkmalen übereinstimmten.

Sie nickt: »Ja, genau: untersetzte Gestalt, Stiernacken, rötlich-blonde Haare, etwa gleiches Alter. Das ist wahrscheinlich kein Zufall.«

Karsten Pollack schiebt sich mehrere Salzstangen in den Mund und kaut gedankenversunken darauf herum. Schließlich sagt er halblaut: »Mal angenommen, die beiden haben tatsächlich gemeinsame Sache gemacht. Dann lief es wahrscheinlich so ab: Die Frau lockt das Opfer in den Wald und tötet es, oder die Geschwister töten es gemeinsam. Allerdings haben wir nur die DNA der Frau sichergestellt.«

»Na ja, bisher zumindest«, wendet Barbara Eichner ein.

Pollack blickt sie skeptisch an: »Wie auch immer. – Jedenfalls begibt sich der Mann, alias der Jogger, am nächsten Tag noch einmal an den Ort des Geschehens. Wie heißt eine alte Krimiweisheit so schön? Der Mörder kehrt zum Tatort zurück.«

Kommissarin Eichner klopft grüblerisch mit dem Zeigefinger an den Nasenflügel. Dann bricht es aus ihr hervor: »Und was, wenn die beiden eineiige Zwillinge sind? Dann stünden wir vor einer knallharten Herausforderung. Ist es nicht fast unmöglich, bei eineiigen Zwillingen den wahren Täter oder die Täterin – oder beide zu überführen?«

»Du meinst, weil ihr Erbgut so gut wie identisch ist? Ach, es gibt da schon Möglichkeiten. In unserem Fall hätten wir es aber ohnehin mit semi-identischen Zwillingen zu tun, also mit Zwillingen unterschiedlichen Geschlechts. Die kommen jedoch äußerst selten vor. Soweit ich weiß, existieren weltweit bislang nur zwei solche Zwillingspaare. Außerdem weisen semi-identische Geschwister schon noch ein paar mehr genetische Unterschiede auf als sonstige eineiige Zwillinge. Trotzdem ist die Analyse äußerst schwierig.«

Die Kommissarin nickt vor sich hin: »Nicht auszumalen, wenn man Täter und Täterin am Ende laufen lassen müsste.«

»Im Zweifel für den, oder besser gesagt, die Angeklagten? Stell dir mal die Schlagzeilen vor: ›Mörder-Zwillingspaar freigelassen. Rechtsmedizin und Polizei am Boden zerstört‹«, witzelt Karsten Pollack und bereut es gleich wieder, als er Barbara Eichners irritierten Blick sieht.

Er gießt Wein nach und stößt sein Glas an das ihre, sodass ein leises Klirren ertönt. Dann nimmt er einen Schluck. Er behält den Wein eine Weile lang im Mund und lässt ihn dann langsam durch die Kehle rinnen. Schließlich erklärt er, dass ein ehemaliger Studienfreund von ihm tatsächlich schon einmal die Untersuchung des Erbguts eineiiger Zwillinge vorgenommen habe. »Eurofins Scientific. Sagt dir das was? Sie haben dort den ersten Spezialtest entwickelt, der kleinste Unterschiede in der DNA findet.«

»Und der garantiert eine Unmenge Geld kostet.« Barbara Eichner zieht die Stirn kraus.

»Also falls uns mal eineiige Gangsterzwillinge unterkommen sollten, können wir ja deine Konten plündern«, schlägt Pollack mit gespielt finsterer Miene vor. »Du hast doch hoffentlich dein Schwarzgeld bei einer Schweizer Bank angelegt?«

Jetzt lacht die Beamtin hell auf: »Du hast einfach zu viel Phantasie, Karsten.«

»Eben, meine Vorstellungskraft ist grenzenlos«, versichert Karsten Pollack und mustert Barbara Eichner von oben bis unten. »Was ich sehe, ist begehrenswert, und was ich nicht sehe, ist geradezu atemberaubend.« Er lässt seine Finger langsam über ihren Rücken gleiten und bemerkt, dass sie es genießt. Die beiden umarmen und küssen einander – bis sich Barbara Eichner sacht aus der Umarmung löst.

Sie nimmt ihr Weinglas und prostet dem Kollegen zu: »Lass uns das Glas noch leeren. Und dann … Sorry, ich bin einfach schrecklich müde.«

»Habe verstanden«, brummt der Rechtsmediziner. »Die Dame verschmäht mich.« Er zieht ein solch bekümmertes Gesicht, dass Barbara Eichner ihn lachend auffordert, doch noch zu bleiben. Das Gespräch will aber nicht mehr so recht in Gang kommen, und Karsten Pollack verabschiedet sich alsbald.

23

»Nein, Frau Eichner, ich unternehme nichts mehr auf eigene Faust. – Personenschutz? Den brauche ich wirklich nicht. Zumal wir vorhaben, für einige Tage zu verreisen.« Franziska kocht innerlich. Sie zählt in Gedanken bis drei, bevor sie weiterspricht: »Danke für Ihre Fürsorge, aber alles ist bestens.« Ein Knacken in der Leitung. Die Beamtin hat aufgelegt.

Franziska geht in die Küche und beginnt, die Spülmaschine einzuräumen, eine in ihren Augen nutzlose Tätigkeit. Aber sie will den Kopf frei bekommen. Franziska flucht dabei. Weshalb belästigt Frau Eichner sie schon wieder? Hat die Kriminalistin nichts anderes zu tun? Als ob sie ahnt, was Franziska vorhat, und sie unbedingt davon abhalten will. Steckt etwa Karsten Pollack dahinter? Hat er Franziska letztens im Leipziger Hotel belauscht?

Während des nächtlichen Telefonats mit Hermaphrodita hat Franziska einen Blick in sein Zimmer geworfen. Er schien fest zu schlafen. Doch als sie einmal etwas lauter sprach, klopfte er kurz darauf an die Tür. Franziska legte sofort auf. Für einen Moment war sie drauf und dran, den Professor hereinzubitten, mit der Frage, ob er sie in die Arme nehmen könne. Sie habe schlecht geträumt.

Und dann? Wenn es nach ihr ginge, könnte der Flirt mit ihm gern etwas angeheizt werden. Weshalb spielt er den Gentleman? Nur weil sie eine Zeugin ist? Oder will er sie nicht kompromittieren? Es würde ja keiner mitbekommen. Aber vielleicht ist sie ihm auch einfach viel zu jung. Oder der Grund heißt Barbara Eichner.

Vor zwei Tagen wollte Franziska Karsten Pollack an seinem Arbeitsplatz besuchen. Als sie im zweiten Stock des Instituts für Rechtsmedizin gerade um die Ecke bog, sah sie, wie er und Barbara Eichner sich auf dem Gang vor seinem Büro unterhielten.

Franziska kehrte sofort um. Die Kriminalhauptkommissarin sollte sie auf keinen Fall sehen. Außerdem hatte das Verhalten der beiden etwas Vertrautes – etwas allzu Vertrautes. Sind der Professor und Barbara Eichner etwa ein Paar?

Für Franziska ist es schwer vorstellbar, dass Karsten Pollack sich ausgerechnet in diese fade Kommissarin verliebt haben soll. Wäre eine Affäre mit ihr, mit Franziska, nicht weitaus spannender? Aber vielleicht ist er gar nicht auf ein Abenteuer aus. Vielleicht ist Pollack ernsthafter, als er immer tut. Doch will Franziska tatsächlich eine Bettgeschichte mit ihm anfangen? Und wenn es dazu käme, könnte sie Frank dann noch in die Augen sehen?

Franziska wird aus ihren Gedanken gerissen, als das Handy klingelt. Sie unterbricht die Küchenarbeit und geht ran. »Hallo, Frank! Gibt's was Neues?«

»Machst du Kaffee? Von mir aus auch Tee. Ich komme auf einen Sprung vorbei. Übrigens habe ich dich in der Vorlesung vermisst.«

»Aber … Ich bin eigentlich schon weg.«

»Da wollte ich mal spontan sein. – Was hast du denn so Dringendes zu tun?«

Franziska tut geheimnisvoll: »Das verrate ich nicht – noch nicht.«

»Sag mal: Das glaub ich jetzt nicht. Franziska!« Franks Stimme überschlägt sich fast. »Ich bin gleich da«, setzt er nach kurzem Zögern hinzu.

»Aber, nicht doch …« Aufgelegt.

Franziska schaltet die Spülmaschine an und wettert vor sich hin: »Was muss er mir jetzt auf die Pelle rücken? Erst diese Kommissarin, nun er. Hab ich ein Schild auf der Stirn, auf dem ›Bitte stören!‹ steht?«

In letzter Zeit ruft Frank ziemlich häufig an. Er will wissen, wo und mit wem Franziska unterwegs ist. Was sie gerade tut.

Ja sicher, ihr Freund macht sich Sorgen um sie. Er vermutet zu Recht, dass sie ihre Unternehmungen in Sachen Mordfall nicht aufgegeben hat. Und er ahnt die Gefahr, in der sie schwebt. Aber sie will keinen Aufpasser, und sie weiß, was sie tut.

Weiß sie das wirklich? Zweifelsohne ist ihre Mission äußerst riskant, vor allem nachdem Franziska Hermaphrodita letztens eröffnet hat, dem Jogger vor Wochen im Wald begegnet zu sein – eine äußerst gewagte Offenbarung. Aber sie musste ihr Geheimnis preisgeben, denn die Wahrheit wäre ohnehin ans Licht gekommen. Also besser jetzt als später.

Ob sie es glaubhaft vermittelt hat, von der mysteriösen Verbindung zwischen Hermaphrodita und dem Jogger lange nichts gewusst zu haben und dass jenes Zusammentreffen von Franziska und Hermaphrodita im Netz eine Fügung, also eine Art »notwendiger Zufall«, gewesen ist? Franziska zweifelt, ob Hermaphrodita tatsächlich so cool war, wie sie sich während des Gesprächs gegeben hat.

Im Grunde genommen hat Franziska Hermaphrodita in der Hand. Aber gilt das umgekehrt nicht genauso? Zumindest in dem Moment, in dem sich die beiden gegenüberstehen. Uh, welch grausige Vorstellung, dieser Frau ausgeliefert zu sein! Ach was. Jetzt bloß nicht den Teufel an die Wand malen! Ruhig Blut bewahren und durchziehen, was sie sich vorgenommen hat. Sie muss ihre Mission zu Ende bringen, damit um Himmels willen nicht noch mehr passiert.

Franziska wird für ein paar Tage in das Ferienhaus ihrer Eltern nach Wehlen fahren. Dort will sie alles noch einmal überdenken und die finale Strategie austüfteln. Und dann – dann kommt der große Coup. Franziska stellt sich ihr Foto in allen Zeitungen vor. Darunter ein langer Artikel: »Psychologiestudentin und Amateurdetektivin klärt Mord auf.« Darin wird berichtet, wie sie die Frau, die sich »Hermaphrodita« nennt, aufgespürt hat, wie sie herausgefunden hat, dass diese sich regelmäßig in zwei Internetforen zu Wort meldet, im »Salzwasser-Forum«, einer Plattform für Opfer sexueller Gewalt, und bei den »Schattenmenschen«. Berichtet wird auch, wie Franziska Kontakt mit Hermaphrodita aufgenommen und allmählich deren Vertrauen gewonnen hat.

Aber Schluss damit, genug geträumt! Franziska reißt einen Zettel aus ihrem Skizzenblock und schreibt Frank eine Nachricht: Sie habe nicht auf ihn warten können. Sie müsse unbedingt ein paar Dinge klären. Es könne einige Tage dauern. Er solle sich keine Gedanken machen. »Ich melde mich demnächst bei dir. Versprochen. Deine F.«

Franziska kramt ein Mon Chéri aus dem Küchenschrank hervor und legt es zusammen mit dem Zettel auf die Flurkommode. Dann packt sie ein paar Sachen in den Rucksack. Als sie vorsichtig aus dem Fenster lugt, sieht sie Frank auf ihr Wohnhaus zusteuern. Hastig versteckt sie den Rucksack im Kleiderschrank, verlässt die Wohnung und schließt ab. Sie steigt die Treppe zum oberen Stockwerk hinauf und wartet.

Wenig später hört sie, wie Frank mit dem Zweitschlüssel die Wohnungstür aufschließt. Nach einer Weile knallt die Tür wieder ins Schloss und seine Schritte verhallen im Treppenhaus.

Zurück in der Wohnung, wirft Franziska einen Blick auf die Flurgarderobe. Der Zettel und das Mon Chéri sind weg. Sie holt ihren Rucksack und macht sich auf den Weg. »Hallo, Frau Phan!«, ruft sie am Hauseingang einer vietnamesischen Frau zu, die ihr vom Balkon des gegenüberliegenden Gebäudes zuwinkt. »Besuchen Sie mal wieder den Garten«, ruft die Vietnamesin zurück. »Die Seerosen blühen.«

Franziska kommt kurz in den Sinn, wie sie Frank vor einigen Wochen die kleine Grünanlage gezeigt hat, die vietnamesische Frauen auf einer Brachfläche in der Johannstadt angelegt haben: Bäume, Sträucher, Blumenbeete, ein Seerosenteich, ein begehbarer Hügel. Franziska und Frank sind die Wege entlangspaziert, die sich durch die Anlage schlängeln, und Frank hat einen duftenden Blumenstrauß für sie gekauft.

»Wir gehen bald mal wieder hin«, versichert Franziska der Frau Phan und geht schnellen Schrittes die Alfred-Schrapel-Straße entlang.

In der Blumenstraße kommt ihr eine Erzieherin mit einer Gruppe Kinder aus dem nahegelegenen Kindergarten entgegen. Der Klang der zwitschernden Stimmen zaubert ein Lächeln auf Franziskas Gesicht. Fast beschwingt passiert sie zwei Mehrfamilienhäuser, deren mit Geranien geschmückten Balkone dem Namen der Straße alle Ehre machen.

Sie geht zur Haltestelle »Sachsenallee« und wartet auf die Straßenbahn der Linie 6. Nach wenigen Minuten hört sie das dumpfe Vibrieren der Gleise, das anschwillt, bis die Bahn zum Halten kommt. Franziska steigt ein und fährt zum Neustädter Bahnhof.

24

Barbara Eichner steht am historischen Terminal im Stadtteil Dresden Friedrichstadt – dem originalen Nordkai des Alberthafens von 1895. Sie beobachtet, wie ein Schwerlastkran einen riesigen Transformator auf ein Leichterschiff lädt. Mehrere Lkw fahren auf dem Ufergelände hin und her. An einem Imbissstand hat sich eine Gruppe Hafenarbeiter versammelt. Über dem Kai kreisen kreischende Möwen.

Die Beamtin schließt die Augen. Kurz kommt es ihr so vor, als hörte sie Meeresrauschen und als liege der Duft von Salzwasser in der Luft. Sie erinnert sich an eine Ausstellung, die sie vor Jahren hier besucht hat. Damals hatte der aus Köln zugezogene Künstler Stankowski weiße anthropomorphe Plastiken im Hafenbecken schwimmen lassen – ein skurriler Anblick, der vor allem bei Dunkelheit an das Panorama in einem Science-Fiction-Film erinnerte.

Die Kommissarin lächelt versonnen vor sich hin. Sie genießt den späten Samstagvormittag. Es geht ihr gut. Seit Odin Degen festgenommen wurde – er hatte sich bei einem Mitglied seines Klettervereins versteckt –, kann sie nachts wieder schlafen.

Es sieht ganz danach aus, dass Degen diesmal für mindestens zehn Jahre ins Gefängnis muss, und das nicht nur wegen der Überfälle und seiner Rolle als Drahtzieher mehrerer erst kürzlich verübter rechter Gewalttaten. Vor zwei Wochen hatte sich auch das Drogendezernat in seinen Fall eingeschaltet. Obwohl sie schon monatelang an ihm dran waren, hatten ihn die Kollegen wegen seiner kriminellen Geschäfte – vor allem mit Drogenküchen aus Tschechien – nicht dingfest machen können. Irgendwie war es Odin Degen immer wieder gelungen, handfeste Alibis vorzuweisen. Doch nun hat ein verdeckter Ermittler Degens Machenschaften mithilfe gerichtsfester Beweise enthüllt.

Barbara Eichner stößt erleichtert den Atem aus. Sie schaut hinüber zum Hafenbecken des historischen Terminals. In seiner Mitte schießen Wasserfontänen in die Höhe und ergießen sich wieder in das Becken. Im Glanz der Sonne wirken sie wie unzählige Kristalle. Die Beamtin überlegt, ob sie schon jetzt zum Restaurant *Fischhaus Alberthafen* hinübergehen soll, um auf der Terrasse einen Kaffee zu trinken. Sie ist dort in einer knappen Stunde mit Karsten Pollack verabredet.

Gestern rief er an: Er wolle sie ins beste Fischrestaurant der Dresdner Friedrichstadt einladen. Es sei allerdings auch das einzige in dem Stadtteil, gab er zu. – Was? Sie sei noch nie dort gewesen? Dieses Manko in der kulinarischen Biografie von Barbara Eichner müsse unbedingt behoben werden. Die dort offerierte und dem Gaumen schmeichelnde Trilogie vom Edelfisch sei ein Muss. Außerdem sei das Meerwasseraquarium, in dem zahlreiche Arten farbig flimmernder Fische schwimmen, ein Augenschmaus, schwärmte der Rechtsmediziner.

Die Kommissarin schüttelt schmunzelnd den Kopf. Nein, das Restaurant kann warten. Sie will vorab noch den Elbe-Schleppkahn *Waltraut* besuchen, der heute, am Tag des offenen Denkmals, besichtigt werden kann. Fast achthundert Tonnen soll er wiegen und über einhundert Jahre alt sein. Es ist lange her, dass die Beamtin den schwarz geteerten Schleppkahn mit dem enormen Ruder das letzte Mal besichtigt hat. Heute will sie sich noch einmal die Laderäume und die historischen Wohn- und Schlafkammern der einstigen Schiffsbesitzer ansehen.

Die Kommissarin liebt das Wasser, und sie interessiert sich für Wasserfahrzeuge aller Art, wahrscheinlich weil ihr Vater ein Motorboot besessen und sie, als sie noch klein war, häufig »auf große Fahrt« mitgenommen hatte. Die beiden schipperten stundenlang die Elbe stromauf- und stromabwärts, vergaßen dabei die Welt um sich herum. Als Kind hatte Barbara Eichner sogar eine Zeitlang davon geträumt, Kapitänin zu werden.

Ihr kommt plötzlich Hemingways *Der alte Mann und das Meer* in den Sinn, als das Handy klingelt.

»Hallo, Herr Librach. Aber Sie wissen schon, dass heute Samstag ist?«

»Frau Eichner, Sie müssen sofort kommen.« Er habe am Abend zuvor, nachdem die Kriminalhauptkommissarin bereits weg war, noch einmal bei den ehemaligen Besitzern des Spielzeugladens angerufen. Dieses Mal habe er Glück gehabt. »Sie sind endlich aus dem Urlaub zurück. Ich war gerade dort und habe mit ihnen gesprochen.«

Sie fragt, ob die beiden den Jogger auf dem Phantombild erkannt haben.

»Ja, und zwar eindeutig. Frau Eichner, um es kurz zu machen: Nach dem, was ich gerade erfahren habe, ist der Jogger zweifelsohne dringend tatverdächtig. Sie hatten also recht mit Ihrer Annahme. Der Mann wohnt übrigens nicht weit von dem Laden entfernt. Und dann, er soll noch eine …«

Gefahr in Verzug, schießt es der Kommissarin durch den Kopf. »Bleiben Sie, wo Sie sind, Herr Librach.« Sie überlegt kurz. Auf dem Messegelände, einen knappen Kilometer von ihr entfernt, befindet sich ein Taxistand. »Ich bin auf dem Weg zu Ihnen. Fordern Sie bitte inzwischen Verstärkung an. Ich melde mich gleich noch mal.«

Barbara Eichner geht im Eilschritt in Richtung Schlachthausstraße und wählt dabei Pollacks Nummer. Seine Mailbox schaltet sich ein, und eine weibliche Stimme verkündet, der gewünschte Gesprächspartner sei nicht erreichbar. Sie versucht es noch einmal. Wieder geht der Professor nicht ran. Sie wartet, bis nach der deutschen und der englischen Ansage der Piepton ertönt, und spricht eine Nachricht auf: Sie könne nicht kommen wegen einer dienstlichen Angelegenheit, die keinen Aufschub dulde. Es tue ihr sehr leid; sie würden das Treffen nachholen.

Im Taxi sitzend ruft sie den Kriminalassistenten zurück: »So, da bin ich wieder. Also Herr Librach, jetzt klären Sie mich doch bitte noch mal genauer auf.«

Der Kriminalassistent wiederholt, was Barbara Eichner bereits weiß, und fügt dann hinzu: »Zumindest haben die beiden den Jogger ein paarmal aus demselben Wohnhaus kommen sehen. Demnach müsste seine Adresse die Naumannstraße 7 sein, das ist gleich neben dem Optikergeschäft. Aber das Wichtigste kommt jetzt: Ich habe dem Ehepaar die Puppe gezeigt, die man bei dem Toten gefunden hat. – Und ja!« Paul Librach brüllt in den Hörer, sodass seine Chefin zusammenzuckt. »Frau Eichner, stellen Sie sich vor: Die ehemaligen Besitzer des Ladens hatten solche Puppen. Und der Jogger hat auch vor nicht allzu langer Zeit eine gekauft!«

Außerdem habe ihm das Ehepaar mitgeteilt, sie seien einoder zweimal einer Frau begegnet, die dem Jogger auffallend ähnlich sah. »Anscheinend gleichen sie sich wie ein Ei dem anderen. Also sind sie entweder Zwillinge oder sie sind geklont. – Ach so, das gibt's ja bisher nur bei Schafen.«

»Hören Sie, Herr Librach, wir treffen uns vor dem Optikergeschäft. Sind die Kollegen informiert? – Gut, dann tun Sie das bitte sofort.«

Als das Taxi kurze Zeit später in die Naumannstraße einbiegt, erkennt die Kommissarin Paul Librach schon von Weitem. Der Kriminalassistent geht entgegen seinem Naturell hastig vor dem Optikerladen auf und ab.

»Wo sind die anderen?«, fragt Barbara Eichner und blickt sich um.

Der Kriminalassistent hebt die Schultern: »Unterwegs. Es gibt wohl Stau auf der Albertbrücke.«

»Geben Sie ihnen bitte noch mal Bescheid. Sie sollen sich beeilen. Und wir gehen schon mal rüber und sichten die Lage.«

»Aber Frau Eichner, sollten wir nicht besser warten, bis die Kollegen da sind?«

»Na, kommen Sie. Schließlich sind wir Profis. Außerdem habe ich meine Pistole dabei.« Seit den Überfällen ist es der Beamtin zur Gewohnheit geworden, ihre Waffe mit sich zu führen.

Paul Librach setzt sich mit den Kollegen vom Spezialeinsatzkommando in Verbindung, die inzwischen das Käthe-Kollwitz-Ufer erreicht haben. Dann gehen die beiden Kriminalbeamten zum Eingang der Naumannstraße 7. Barbara Eichner schaut zu den Fenstern des Wohnhauses hinauf. Es ist nichts Auffälliges zu erkennen. Nur im dritten Stock steht ein Fenster offen und die Gardine flattert leicht im Wind. Die Haustür öffnet sich, und eine Frau mittleren Alters tritt auf den Gehweg. Sie zieht einen dicken Bernhardiner hinter sich her.

»Kriminalpolizei.« Der Assistent streckt ihr seinen Dienstausweis entgegen und wirft einen argwöhnischen Blick auf den Hund, der leise knurrt. »Ich habe eine Frage: Wohnt dieser Mann hier im Haus? Können Sie mir sagen, wie er heißt?« Er zeigt ihr das Phantombild.

»Ja, sicher. Das ist der junge Mann vom zweiten Stock, rechts. Moment mal.« Sie schaut auf die Klingelschilder. »Ja klar, Demmler heißt er. Hat er was ausgefressen? Das kann ich mir gar nicht vorstellen. Er ist so ein netter Mieter – etwas schüchtern vielleicht, aber sehr hilfsbereit. Ab und zu taucht auch seine Schwester hier auf.«

»Danke«, tönen Barbara Eichner und Paul Librach wie aus einem Munde.

Inzwischen sind auch die Kollegen vom SEK eingetroffen, und im nächsten Moment ist das gesamte Team im Innern des Hauses verschwunden. Die Beamten klingeln an Demmlers Wohnung. Innen rührt sich nichts.

Paul Librach pocht mit den Fäusten an die Tür: »Polizei. Bitte öffnen Sie!« Wieder nichts.

»Wir kommen jetzt rein!«, ruft der Kriminalassistent.

»Zugriff!«, weist die Kommissarin die SEK-Polizisten an, und auf ihr Zeichen bricht einer der Beamten die Tür auf.

Aus der Wohnung gegenüber tritt ein weißhaariger Mann und blickt die Polizeibeamten erschrocken an: »D-da ist sicher keiner zu Hause. Herr De-Demmler ist viel u-unterwegs«, stottert er.

»Gehen Sie bitte in Ihre Wohnung zurück und halten Sie sich zu unserer Verfügung«, bedeutet ihm Barbara Eichner in einem Ton, der keinen Widerspruch duldet. Der Alte schlurft in seinen Flur und schließt die Tür von innen ab.

Inzwischen durchsuchen die Kriminalbeamten gemeinsam mit den SEK-Leuten Demmlers Wohnung.

»Mist! Der Vogel ist ausgeflogen«, meint Paul Librach enttäuscht, nachdem er sogar in den Schränken nachgeschaut hat.

Barbara Eichner schaut ihn stirnrunzelnd an und lässt dann den Blick durch den Raum schweifen: »Es hilft nichts. Wir sind anscheinend zu spät gekommen. Warum werde ich das Gefühl nicht los, dass jemand den Jogger gewarnt hat?«

Paul Librach stellt eine geblümte Box, deren Inhalt er zuvor untersucht hat, zurück an ihren Platz. »Keine Ahnung. – Und nun? SpuSi?«

»Gehen wir erst mal raus.«

Vor der Wohnung wiederholt der Kriminalassistent seine Frage.

»Ja, klar.« Kommissarin Eichner nickt. Dann streicht sie mit den Fingern über ihr Kinn. »Wir müssen eine Personenfahndung einleiten. Es darf auf keinen Fall noch mehr passieren. Aber zuerst nehmen wir uns natürlich die Wohnung vor. Danke für Ihren schnellen Einsatz, hier brauchen wir Sie jetzt nicht mehr«, wendet sie sich an die Kollegen des SEK, die sich verabschieden und durch das Treppenhaus poltern.

Paul Librach versucht vergeblich zu telefonieren. »Auch das noch. Ich habe kein Netz. Dann gehe ich mal kurz vor's Haus. Also ich benachrichtige nur die Leute von der SpuSi. Okay? Den Rechtsmediziner brauchen wir ja nicht, oder?« Sein Jackett zurechtzupfend schielt Paul Librach seine Chefin aus den Augenwinkeln an.

Barbara Eichner schüttelt den Kopf: »Lassen Sie mal. Ich mach das. Bin gleich wieder da.«

25

Eine Dreiviertelstunde später erscheinen die Spurensicherer vor Demmlers Wohnung. Eine Mitarbeiterin der SpuSi hat für Barbara Eichner und Paul Librach Schutzanzüge mitgebracht, und die beiden schlüpfen hinein. Die Suche nach Indizien und Beweismitteln beginnt.

Schon als sie die Zweizimmerwohnung das erste Mal betreten hat, ist der Kriminalhauptkommissarin sofort aufgefallen, dass hier nichts herumliegt. Alles scheint an seinem definierten Platz bereitzustehen. Zudem wirkt die Wohnung peinlich sauber – äußerst ungewöhnlich für einen Junggesellen um die dreißig. Auch die Einrichtung passt nicht so recht zu einem jungen Mann. Das klassische, teilweise stilechte Mobiliar ist eher typisch für einen gut situierten Bewohner mittleren Alters. Die vielen Accessoires deuten zudem auf eine Frau als Mieterin hin.

Bei der akribischen Untersuchung der Wohnung finden die Beamten dann noch weitere eindeutige Hinweise, die auf eine weibliche Person schließen lassen. Es dauert Stunden, bis die Beamten mit der Arbeit fertig sind. Sie können Dutzende Spuren sicherstellen: Fingerabdrücke, Hautzellen, Materialspuren, Mikrospuren. Einige Akten und Papiere, die sie noch sichten wollen, werden in Spezialkoffer gepackt. Außerdem stellen sie Kinderfotos sicher, auf denen seltsamerweise ausschließlich ein Mädchen abgebildet ist – ein Mädchen mit rötlichblonden Haaren. Auf einigen Bildern hält das Kind eine Puppe in der Hand. Aus einem Foto hatte jemand etwas herausgeschnitten. Allem Anschein nach handelt es sich dabei um eine Person.

Zu ihrem großen Bedauern suchen die Polizeibeamten vergeblich nach einem Computer. Auch die Untersuchung des Papierkorbs und mehrerer Abfallbehälter ergibt nichts, da offenbar alles entsorgt worden ist. Selbst in den Müllcontainern findet sich kein relevantes Material, da die Müllabfuhr, nach Aussage des weißhaarigen Nachbarn, am Tag zuvor die Behälter geleert hat.

Zuletzt untersuchen die Beamten noch den Inhalt der Kleiderschränke im Schlafzimmer und finden abgetragene Männerjeans, blassfarbene T-Shirts, Joggingkleidung, einen dunklen Anzug, Schuhe, Mützen, einen Hut, dazwischen hier und da Frauenkleidung.

Was hat das nur zu bedeuten?, geht es der Kommissarin durch den Kopf. Hat die Nachbarin nicht gesagt, dass hier nur ein Mann wohnt? Weshalb bewahrt er dann Frauenkleidung auf? Hat er eine heimliche Freundin? Hat er seine Partnerin verloren und will sich von den Kleidungsstücken nicht trennen? Vielleicht gehören die Sachen ja auch seiner Schwester. Aber die wohnt doch woanders. Oder trägt der Jogger etwa ab und zu Frauenkleidung? Er könnte ein Transgender sein.

Barbara Eichner stößt einen tiefen Atemzug aus: »Ziemlich mysteriös dieser Mann.«

»Wir kommen schon noch hinter sein Geheimnis«, murmelt Paul Librach und blickt sich wohl zum hundertsten Mal kopfschüttelnd um. »Nee, diese Ordnung. Das macht mich völlig fertig. Die Wohnung ist doch absolut steril. Nicht mal eine winzige Socke liegt hier rum, geschweige denn Krümel auf dem Küchentisch. Also mir ist das schon fast unheimlich. Aber zum Glück haben wir ja die heillose Ordnung wenigstens partiell durcheinandergebracht.«

Ab und zu mal aufzuräumen, würde Ihnen auch nicht schaden, ist Barbara Eichner versucht zu sagen. Aber sie schweigt und bemüht sich erfolglos, einen Wandschrank im Schlafzimmer zu öffnen. »Wo ist nur der Schlüssel?«, murmelt sie und tastet die Schrankdecke ab. Auch unter dem Schrank findet sie nichts.

»Kommen Sie mal bitte, Herr Librach?«, ruft sie den Kriminalassistenten heran, der gerade mit dem Zeigefinger an der oberen Kante einer Glasvitrine entlangfährt.

»Aber klar doch.« Gewichtigen Schrittes nähert sich der Kriminalassistent seiner Chefin und zwinkert im Vorbeigehen einer jungen Mitarbeiterin der SpuSi zu.

»Würden Sie den für mich öffnen?«, fragt Barbara Eichner und weist auf den Schrank.

Der Kriminalassistent inspiziert die mit Jagdmotiven bemalten Türen des Möbelstücks. »Welcher Oma hat der Jogger denn den abgeluchst? Ein ziemlich edles Stück, wenn Sie mich fragen. Nussbaumholz oder so«, bemerkt er und erwägt kurz, sich gegen die Schranktür zu werfen. Dann besinnt er sich aber eines Besseren: »Moment, das haben wir gleich.« Er zieht den Reißverschluss des Schutzanzugs herunter und fördert eine Reihe Utensilien aus seiner Jacketttasche zutage, unter denen sich auch ein gebogener Draht befindet. Er steckt ihn in das Schloss und öffnet das Möbelstück mit wenigen geschickten Handgriffen.

»Habe ich Ihnen eigentlich schon erzählt, dass es mein Kindheitstraum war, ein berühmter Tür- und Fensterknacker zu werden? Na ja, mit der Ganovenlaufbahn hat es leider nicht geklappt. Dafür bin ich …«

Er hält abrupt inne, als seine Chefin ihm – nachdem sie den Wandschrank durchstöbert hat – einen grauen Seidenanzug unter die Nase hält. Sie hat ihn in einer Plastiktüte entdeckt, die ganz hinten im Schrank verstaut war.

Der Kriminalassistent inspiziert das Kleidungsstück: »Konfektionsgröße sechsundfünfzig. Ist das nicht ein bisschen zu groß für den Jogger? Vielleicht ist der Anzug ein Erbstück von seinem Großonkel? Oder der junge Mann hat sich vorgenommen, in das Kleidungsstück noch reinzuwachsen. Ich wüsste ja, wie das geht.«

Barbara Eichner zieht die Stirn kraus und reagiert nicht. Sie tastet den Anzug ab und zieht schließlich eine Brieftasche aus der Jacketttasche hervor. Im Innenfutter befinden sich drei Zwanzig-Euro-Scheine, mehrere Plastikkarten und ein Personalausweis.

Die Kommissarin schaut auf das Foto und liest: »Stefan Baumann, geboren am dreißigsten Zehnten neunzehnhundert...«

Paul Librach unterbricht sie »Das ist unser Toter.«

Barbara Eichner nickt und sagt mehr zu sich selbst: »Hm. Genau der.«

Mittlerweile hat der Kriminalassistent den Schrank untersucht: »Sehen Sie mal, Frau Eichner. Hier: Reste von Nadeln und Laub. Und das hier, das ist doch Erde. Ich wette, die stammt aus der Dresdner Heide.«

Wieder nickt die Kommissarin: »Kann schon sein. Jedenfalls wurde die Kleidung offenbar als Trophäe aufbewahrt, wie wir schon vermutet haben. Das muss alles unbedingt noch heute in ...«

»In die KTU – ja sicher.« Der Kriminalassistent unterdrückt ein Stöhnen. »Ich bring die Sachen nachher noch hin. – Ja, was haben wir denn da?« Paul Librach hat ein Schubfach aufgezogen und nimmt mehrere Teile einer Leine heraus. »Hatte Baumann nicht Streifen an den Gelenken? Gut möglich, dass er hiermit gefesselt wurde. Und damit«, er weist auf zwei Rollen Klebeband, »wurde dem Opfer höchstwahrscheinlich der Mund zugeklebt.«

Die beiden Kriminalbeamten finden noch ein halb gefülltes Patronen-Set für eine Glock-17-Pistole, eine Reihe in Folie eingeschweißter Spritzen und zwei Flaschen mit einer Flüssigkeit.

»Wo ist die Pistole zu den Patronen? Ob er sie mitgenommen hat, wohin auch immer?« Paul Librach blickt seine Chefin alarmierend an. Dann inspiziert er eine der Flaschen und zeigt auf die Rückseite: »Wenn mich nicht alles täuscht, ist das Tschechisch, oder?«

»Ja, sieht so aus. Darf ich mal?« Barbara Eichner inspiziert das Behältnis von allen Seiten. »GHB«, buchstabiert sie die Abkürzung auf dem Label. »Das ist doch Gamma-Hydroxybuttersäure«, sagt sie langsam.

»Mensch, das passt doch alles zusammen!« Der Kriminalassistent macht eine triumphierende Armbewegung. »Erinnern Sie sich an das Schreiben aus der Rechtsmedizin? Dort stand, im Blut des toten Herrn Baumann sei GHB gefunden worden.«

Er registriert schmunzelnd, dass Barbara Eichner bei dem Wort »Rechtsmedizin« eine leichte Röte ins Gesicht geschossen ist.

»Was grinsen Sie denn so?«

»Ach, mir kam gerade etwas in den Sinn. Hat nichts mit unserem Fall zu tun.« Paul Librach kratzt sich hinterm Kopf.

Kommissarin Eichner will etwas erwidern, als die Pendeluhr im Wohnzimmer fünfmal schlägt. Fast gleichzeitig surrt ihr Handy. Eine SMS von Karsten Pollack ist eingegangen: Er warte seit einer gefühlten Ewigkeit auf ein Lebenszeichen. Untröstlich vegetiere er dahin, einsam, von allen verlassen. Ob bei ihr alles in Ordnung sei.

Schmunzelnd verlässt Barbara Eichner Demmlers Wohnung. Auf dem Gehweg vor dem Haus ruft sie den Rechtsmediziner an: »Hallo, Karsten. Ich bin's.«

»Na, Gott sei Dank. Geht's dir gut?« Als der Professor ihre Absage erhalten habe, sei er kurzerhand aufs Rad gestiegen und ins Käthe-Kollwitz-Haus nach Moritzburg gefahren. Dort finde gerade eine Ausstellung mit politischen Plakaten statt, eine für das kleine Städtchen mit seinem barocken Schwulst – sie möge ihm verzeihen – eher seltene Schau.

»Du bist zu beneiden.« Die Kommissarin seufzt. »Bei uns war viel los in den letzten Stunden. Karsten, ich muss dir unbedingt etwas erzählen. Unsere Hypothese vom mordenden Geschwisterpaar scheint sich zu bestätigen. – Ich bin hier eigentlich so gut wie fertig. Danach könnte ich ein wenig Ablenkung vertragen.«

»Dann nichts wie weg, oder? Ich kenne da jemanden, der sich exzellent darauf versteht, gestresste Kriminalhauptkommissarinnen aufzuheitern. Ach, was sage ich, sie zu be–glück–en.«

Barbara Eichner lacht hell auf. Sie sei am Schillerplatz. Ob er sie holen könne. Sie müsse aber noch einmal in die Polizeidirektion. Sie würde natürlich auch mit der Bahn fahren, aber das dauere länger.

»Kommt gar nicht in Frage, Barbara. Also wenn mich nicht gerade die Verkehrspolizei schnappt, bin ich in fünf Minuten zur Stelle. Du kennst ja meine überaus imposante Fahrweise.«

»Damit du heute ausnahmsweise mal kein Knöllchen bekommst: Ich warte auch zehn Minuten oder länger.«

Der Rechtsmediziner hat schon aufgelegt.

»Ich bin dann mal weg, Herr Librach«, erklärt sie, als sie wieder in Demmlers Wohnung ist. »Die Sachen für die KTU nehme ich gleich mit. Ich fahre noch in die Schießgasse. Ähm … ach ja: Die Fahndung muss unbedingt heute noch ausgeschrieben werden. Haben Sie eigentlich das Update der Verbunddatei ›Personenfahndung‹ durchgeführt?«

»Na und ob. Die Datei ist so was von upgedated! Sie werden Ihre helle Freude daran haben.« Paul Librach grinst seine Chefin an.

»Super! Sie sind ein Schatz. Na, hoffentlich komme ich mit der Eingabemaske zurecht. So, und was ist jetzt mit der Befragung der Hausbewohner?«

»Ähm, morgen Vormittag?«, schlägt Paul Librach halbherzig vor und seufzt. Er denkt an seine Mutter, der er einen Ausflug in ihren Heimatort Hřensko an der deutsch-tschechischen Grenze versprochen hat. Sie wollten Boot auf der Kamenice fahren und Gulasch mit Knödeln und Sauerkraut essen.

Barbara Eichner nickt: »Morgen ist okay.« Dann setzt sie eine schelmische Miene auf: »Es sei denn, Sie haben heute Abend noch nichts vor, dann könnten Sie ja schon mal anfangen. – Das war ein Scherz, Herr Librach. – Danke, liebe Kollegen, und schönen Feierabend.«

Sie streift den Schutzanzug ab und huscht aus Demmlers Wohnung.

26

Franziska hat letzte Nacht wie ein Stein geschlafen, nachdem sie unmittelbar nach ihrer Ankunft in Wehlen zu den Felsenschluchten des Uttewalder Grundes gewandert ist. Früher unternahm sie mit ihren Eltern öfter Ausflüge in diese an Ruinen von Burgen erinnernde Gebirgslandschaft. Einmal stand die Mutter mit ihr unter dem Felsentor und erzählte mit sibyllinisch verklärtem Blick die *Sage vom Frommen Udo*, der sich den Tücken des Teufels widersetzt hatte.

Die Eltern erstanden zu jener Zeit auf einer Auktion einen Kunstdruck des Gemäldes *Felsentor im Uttewalder Grund* von Caspar David Friedrich, das nun das Wohnzimmer der Ferienwohnung schmückt. »Siehst du, das sind wir«, erklärte Franziskas Mutter und meinte die beiden winzigen, schemenhaften Gestalten, die – eingerahmt von Felswänden und herabgestürzten Gesteinsbrocken – auf dem Gemälde kaum zu erkennen sind.

»Nein, das sind tanzende Wurzelzwerge«, behauptete die damals etwa Achtjährige.

Franziska steht schon eine Weile lang vor dem Kunstdruck und streicht mit den Fingerspitzen über die Oberfläche. Dann zieht sie die Skizze aus dem Rucksack hervor, die sie gestern im Uttewalder Grund gezeichnet hat: dunkles Felsgestein übereinandergeschichtet. Bizarre Formen, die an riesige Mäuler oder glotzende Augen erinnern. Zwischen den steilen Felswänden klafft eine Schlucht, in die gleißendes Licht einbricht.

Franziska seufzt. Sie sollte wieder öfter malen. Dann könnte sie endlich die geplante Ausstellung im *Hole of Fame* fertigstellen. Aber dafür braucht sie mehr Ideen für experimentelle Bilder. Sie wandert in Gedanken durch ihre mit nuancierten Linien und Schattierungen gezeichnete Landschaft.

Franziska wird aus ihrer Versenkung gerissen, als das Heulen einer Schiffssirene durch das geöffnete Fenster hereintönt. Plötzlich fällt ihr ein, dass sie seit gestern das Handy nicht mehr angeschaltet hat. Sie kramt es aus dem Rucksack hervor und drückt auf den Power-Button. In den letzten Stunden ist eine Unmenge an Nachrichten eingegangen: SMS und WhatsApp-Meldungen von Frank, eine E-Mail von der Universitätsbibliothek, eine Ausschreibung vom Deutschen Akademischen Austauschdienst, Dutzende Mitteilungen von Hermaphrodita. Franziska überfliegt Hermaphroditas Nachrichten:

»Die Bullen waren da.«

»Kann nicht mehr in die Wohnung. Auf einer Parkbank geschlafen.«

»Bin in der Klemme. Wohin kommende Nacht?«

»Noch eine offene Rechnung, dann nichts wie weg.«

»Muss das zu Ende bringen.«

»Bin völlig down, kann nicht mehr.«

»Geh bitte ran. Brauche deinen Rat.«

Franziska stöhnt. Die Situation hat sich also zugespitzt. Das Unheil schreitet bedrohlich schnell voran. Sie muss sich melden. Aber wie soll sie reagieren? Und wie weiter vorgehen? Sie hat absolut keinen Plan. Nur eins weiß sie: Man muss Hermaphrodita ins Gewissen reden. Man muss sie zur Besinnung bringen und sie in ihrem teuflischen Vorhaben stoppen. Aber kann Franziska das noch allein bewältigen? Begibt sie sich nicht in lebensbedrohliche Gefahr?

Vielleicht sollte sie endlich jemanden einweihen. Sie könnte der Kriminalhauptkommissarin oder Karsten Pollack erzählen, was sie weiß. Dann wäre alles Weitere eine Sache der Polizei.

In wirre Gedanken verloren betritt Franziska den Balkon und meint, eine Fata Morgana zu erblicken, als eine Gruppe bezopfter junger Frauen in hellbraunen Blusen und langen dunklen Röcken im Gleichschritt am Haus vorbeimarschiert. Bei genauerem Hinsehen nimmt Franziska eigenartige Abzeichen an den Ärmeln der Frauen wahr, die an germanische Symbole erinnern.

»Haben Sie die gesehen? Kesse Mädels, oder?«, ruft die Nachbarin vom Balkon des dritten Stocks zu ihr herunter.

Franziska zupft schweigend an den trockenen Balkonpflanzen herum.

Die Mieterin vom dritten Stock beobachtet sie dabei. »Es wird Zeit, dass Ordnung in unser Land kommt!«, brüllt sie von oben herunter.

Franziska erwidert noch immer nichts.

Die Nachbarin lässt nicht locker: »Hören Sie? Zucht und Ordnung! Sonst nehmen die uns unser Land weg.« Wer mit »die« gemeint ist, lässt sie offen.

Jetzt ist es mit Franziskas Geduld vorbei. Sie ruft der Frau zu, dass Deutschland groß genug sei und dass »die« das Leben bunter und interessanter machen. Ob die Nachbarin überhaupt schon einmal einen oder eine von »denen« kennengelernt habe.

»Das ist ja ... unerhört.« Die Frau dreht sich abrupt um und verschwindet in ihrer Wohnung.

Franziska zuckt zusammen, als die Balkontür krachend zuschlägt. Zucht und Ordnung, geht es ihr immer wieder wie eine Endlosschleife durch den Kopf. Zucht und Ordnung. Sie schüttelt den Kopf. Kann man da nichts tun? Kann man diese Leute nicht zum Umdenken bringen? Sie bekehren? Wieder muss Franziska an Hermaphrodita denken. Es muss doch gelingen, jemanden von dessen unrechtmäßigen Handlungen zu überzeugen, eine Person in moralische Bahnen zu lenken. Aber ist es überhaupt möglich, Menschen in ihren grundsätzlichen Überzeugungen umzustimmen? Sind einmal gefasste Urteile, sind Haltungen und Motive nicht besonders stabil und veränderungsresistent? – Ein weites Feld ...

Franziska schaut sich um: Unter ihr fließt gleichmäßig die Elbe, ab und zu zieht ein Lastschiff dahin oder ein Dampfer, der Touristen durch die Landschaft schaukelt. Franziska beobachtet, wie das Fährschiff, mit einigen Radfahrern beladen, zum anderen Ufer gleitet. Dort wartet eine Traube von Menschen, die soeben mit der S-Bahn aus Dresden angekommen sind.

Franziskas Augen wandern über die Gebäude auf der gegenüberliegenden Elbseite, die wie Schwalbennester an den bewaldeten Hügeln des Elbsandsteingebirges kleben: ehemalige Bauernhäuser, einzelne Villen, Fachwerkhäuser. Ein Großteil von ihnen wurde nach den Hochwasserschäden von 2013 hübscher als zuvor herausgeputzt.

Ihr Blick bleibt an einem verwitterten grauen Haus hängen, das auf der gegenüberliegenden Elbseite hoch über dem Fluss thront: Obervogelgesanger Weg 6. Vor einiger Zeit war sie mit Frank schon einmal dort. »Landhaus Germania« steht in blassen altdeutschen Lettern an der Hausfassade. Rechts davon ragt der zweigeschossige Hauptteil des Gebäudes mit spitzem Fachwerkgiebel empor. Den Balkon darunter umgibt ein ornamentiertes Holzgeländer. Links grenzt ein langgezogener Seitentrakt mit einer Fensterfront an diesen Gebäudeteil. Das Landhaus steht schon seit Langem leer.

»Man müsste den Besitzer ausfindig machen. Wäre das nicht ein idyllischer Wohnsitz für uns?«, hat Franziska ihren Freund bei der Besichtigung des Landhauses gefragt. Frank fiel aus allen Wolken. Das Haus sei viel zu marode. Außerdem käme ständig Lärm von der Eisenbahn.

Franziska starrt stirnrunzelnd auf das Wohnhaus. Es liegt einsam, von Bäumen umgeben. Ein serpentinenartig angelegter Weg, der in der Höhe durch eine Stützmauer abgesichert ist, führt zum Hauseingang. Ansonsten ist das Gebäude unzugänglich. Der ideale Ort, um sich zurückzuziehen. Der ideale Ort, um sich zu verstecken.

Ein Gedanke durchzuckt Franziska. Unmittelbar darauf schmiedet sie einen Plan. Dort oben, wo sie keiner findet, dort am Obervogelgesanger Weg wird sie ihre Mission zu Ende bringen. Sie wird Hermaphrodita ins »Landhaus Germania« locken. Franziska wird mit ihr reden, sie überzeugen, wenn nötig, in die Enge treiben. Schließlich wird sie Hermaphrodita dazu bringen, das zu tun, was zwingend und unaufschiebbar ist: sich der Polizei zu stellen.

27

»Wie konnten Sie nur!«, brüllt Barbara Eichner in den Hörer. Sie schlägt mit der Faust auf die Schreibtischplatte. »Weshalb haben Sie uns nicht schon gestern informiert, dass Ihre Freundin allein weggefahren ist? Sie müssen doch geahnt haben, was sie vorhat. Kennen Sie Ihre Partnerin so wenig? Überhaupt: Wissen Sie eigentlich, wie spät es ist? Sie können froh sein, dass ich noch im Büro bin.«

Die Beamtin springt vom Stuhl hoch und läuft wie ein gehetztes Tier hin und her.

»Sie, sie nimmt sich öfter eine Auszeit. Ich soll sie dann in Ruhe lassen.« Franks Stimme überschlägt sich fast. »Wir haben für solche Fälle vereinbart, dass nur sie mich anruft. Die SMS hat sie vor etwa zwei Stunden abgeschickt. Ich war aber gerade unterwegs und habe die Nachricht soeben erst gelesen. Franziska hat mich nicht direkt gebeten, aber für mich klang es so, als solle ich kommen.«

Unfassbar! Diese Franziska torpediert die Polizeiarbeit, und das zum wiederholten Mal. Die Beamten sind schon so dicht dran gewesen. Obwohl die Befragung der Nachbarn des Joggers nicht viel Neues ergeben hat, sind die Kollegen des Mobilen Einsatzkommandos während der Fahndung nach ihm und seiner Schwester anscheinend auf eine heiße Spur gestoßen. Sie konnten bereits dreimal das Handy des Joggers orten. Leider hat er es seither abgeschaltet.

Außerdem hat ein Biker in der vergangenen Nacht im Stadtteil Blasewitz eine Frau entdeckt, die auf einer Parkbank am Elberadweg schlief. Als er sie ansprach, sprühte sie ihm Pfefferspray ins Gesicht und flüchtete auf seinem Fahrrad. Der Biker gab später auf der Polizeiwache zu Protokoll, die Frau sehe dem Jogger auf dem vorgelegten Phantombild sehr ähnlich.

»Verdammt!«, bricht es aus der Kommissarin hervor. Sie zwingt sich, wieder Platz zu nehmen und tief durchzuatmen. »Wann, steht in der SMS, will Ihre Freundin die verdächtige Person treffen?«, fragt sie schließlich mit ruhigerer Stimme.

»Heute Abend halb zehn.«

»Einundzwanzig Uhr dreißig«, murmelt die Beamtin und schaut auf die Armbanduhr. »Da bleibt ja gerade noch etwas mehr als eine Stunde! – So, junger Mann, jetzt kommt es auf Sie an. Wo, meinen Sie, könnte Ihre Freundin sein?«

»Ihre Eltern haben eine Ferienwohnung in Stadt Wehlen, gleich neben dem Hotel *Café Richter*. Meistens ist sie dort.«

Wehlen in der Sächsischen Schweiz. Es ist Jahre her, dass Barbara Eichner das letzte Mal dort war. Eine ehemalige Studienfreundin hatte sie auf eine Wanderung mitgenommen. Tagsüber kraxeln durch die Berglandschaft, nachts schlafen unter einem Felsvorsprung – »boofen«, wie es in der Sächsischen Schweiz heißt. Am letzten Tag unternahmen sie einen Abstecher nach Wehlen, verweilten auf dem historischen Marktplatz mit dem Brunnen vor dem Rathaus und der Radfahrerkirche. Sie besuchten das *Marktstübchen*, wo es duftenden Bienenstich gab, und das alte Fachwerkhaus *Café Welyn* mit der lateinischen Aufschrift *»Nulla dies sine linea«* – »Kein Tag ohne Linie.« Hoch über der Stadt ragen die Reste der mittelalterlichen Burg empor.

»Nun denken Sie mal scharf nach: Gibt es in Wehlen einen Ort, wo das Treffen stattfinden könnte?«

»In der Ferienwohnung?«, murmelt Frank in den Hörer. »Ach nein. Dann schon eher … am Obervogelgesanger Weg!«, stößt er hervor. »Dort gibt es ein leerstehendes Haus, Nummer acht, nee sechs, glaube ich. Wir waren schon mal dort. Franziska war total begeistert und wollte unbedingt rein. Sie ist dann durch ein kaputtes Fenster geklettert. Ich sollte Schmiere stehen.«

»So, jetzt passen Sie mal auf: Sie kommen auf dem schnellsten Weg … Ähm, wo wohnen Sie? Pillnitzer Landstraße? Das liegt ja praktisch auf dem Weg. Halten Sie sich bereit. Wir holen Sie ab.«

Eine halbe Stunde später steuern zwei Polizeiwagen auf den Altbau an der Pillnitzer Landstraße 138 zu. Frank wartet, von einem Bein aufs andere tretend, vor dem rostigen Eingangstor. Als die Bremsen quietschen, steigt er zu Barbara Eichner in den hinteren Wagen, und die Autos setzen sich mit Sirenengeheul wieder in Bewegung.

Unterwegs erhält die Kommissarin einen Anruf von Karsten Pollack. Franziska habe ihm soeben eine SMS geschrieben, sie sei auf dem Weg, das »große Rätsel« zu lösen.

»Was hast du nur mit dieser zweifelhaften Dame zu schaffen?«, fragt Barbara Eichner gekränkt – und bereut es sofort. Sie zwingt sich, sachlich zu reagieren: »Ich weiß Bescheid, Karsten.« Sie informiert ihn über den neuen Sachstand. »Wir sind schon auf dem Weg nach …« Die Leitung ist unterbrochen.

»Es gibt in dieser Gegend eine Menge Funklöcher«, klärt Frank sie auf.

»Also sind wir hier immer noch im ›Tal der Ahnungslosen‹«, murmelt die Beamtin in sich hinein.

Nach weniger als fünfzehn Minuten überqueren die Polizeiautos die Sachsenbrücke in Pirna und biegen auf der gegenüberliegenden Elbseite auf die B 172 ab. Zu dieser Tageszeit ist die Bundesstraße nur sporadisch befahren, und die Polizeiwagen kommen schnell voran. Doch kurz bevor sie die Struppener Straße erreichen, schiebt sich ein Motorrad zwischen die beiden Fahrzeuge.

»Los, schneller!«, drängelt Barbara Eichner. Hupend rasen sie an der heulenden Maschine vorbei.

Es ist 21.15 Uhr, als sich die Polizeiautos fast am Ziel befinden. Sie haben den größten Teil des Obervogelgesanger Wegs in Wehlen bereits zurückgelegt. Auf der Höhe des unter der Eisenbahnlinie befindlichen Erlebnisbads schalten die Beamten die

Sirenen ab. Kurz darauf parken sie die Wagen. Sie nähern sich schnellen Schrittes dem Gebäude Nummer 6. Frank bleibt neben Barbara Eichner im Auto sitzen.

Wenige Minuten später hält ein dritter Wagen vor den beiden Polizeiautos. Der Professor hat es sich nicht nehmen lassen, der Kriminalhauptkommissarin und ihrem Team nach Wehlen zu folgen. Schließlich könnte es sein, dass er heute noch gebraucht wird.

»Du bleibst hier«, zischt Barbara Eichner ihm durch das geöffnete Autofenster zu.

»Schon gut, ich hatte nicht die Absicht …«

Kommissarin Eichner ist schon an ihm vorbeigehuscht. Fast lautlos steigen sie und die Polizisten vom Einsatzkommando die Stufen zum »Landhaus Germania« hinauf. Im Abendlicht wirkt das Gebäude wie ein Geisterhaus, Dunkelheit ringsum. Über dem Dach hängt – wie eine blasse, scharfe Sichel – der Mond. Nicht weit davon entfernt steht der Abendstern, ein winziger Glanz am Himmel.

Am Gebäude hat jemand die Eingangstür eingetreten. Ein Fensterrahmen im zweiten Stock ist aus dem Mauerwerk herausgerissen. Im Seitenteil sind mehrere Fensterscheiben zu Bruch gegangen. Dahinter gähnt finstere Leere. Der Hang unter dem Gebäude ist unwegsam überwuchert. Ein Geruch von Feuchtigkeit und Moder liegt in der Luft. Es herrscht Totenstille.

Barbara Eichner und ihr Team teilen sich auf und schleichen um das Haus herum. Plötzlich raschelt es im Gebüsch. Die Kommissarin bleibt abrupt stehen und entsichert die Pistole. Wieder ist das Rascheln zu hören. Ein Kaninchen springt aus dem Gestrüpp und flüchtet die Stufen hinab.

Kommissarin Eichner wischt sich über die Stirn. Zusammen mit einem Kollegen vom Mobilen Einsatzkommando betritt sie das Haus. Die Beamten klettern über einen Berg aus Brettern und Schutt. Sie lauschen. Nichts. Mit dem Rücken an die Wand gepresst, tasten sie sich weiter bis zu einer Tür. Vorsichtig öffnen sie diese und spähen in den Raum. Die Beamten horchen. Wieder nichts. Sie inspizieren auch die anderen Räume im Erdgeschoss.

»Da ist niemand«, flüstert Barbara Eichner. »Gehen wir nach oben«, fordert sie ihren Kollegen auf. »Na, kommen Sie schon. Die Treppe wird uns schon aushalten.«

Als sie nach oben schleichen, knarrt das Holz bei jedem Schritt.

»Pst«, flüstert die Beamtin und bleibt stehen. Ihr ist, als hätte sie eine Stimme gehört. Sie lauscht. Jetzt hört sie die Stimme deutlicher. Dann spricht eine zweite Person: beschwörend, eindringlich.

In diesem Moment fällt ein Schuss.

28

»Ich konnte sie nicht davon abbringen.« Franziska sitzt auf dem Boden, mit dem Rücken an die Wand gelehnt, als die Beamten den Raum betreten. Neben ihr liegt reglos eine Frau. Das Mondlicht, das durchs Fenster scheint, lässt ihre fahle Haut noch blasser erscheinen. An der Wand und auf dem Fußboden ist Blut verspritzt. Die Kommissarin schluckt. Einen Moment lang zögert sie, dann tritt sie an die Frau heran und prüft deren Puls. Nichts.

Barbara Eichner richtet die Taschenlampe auf das Gesicht der Toten und erkennt diese sofort von dem Foto der Hamburger Zeugin wieder, das Karsten Pollack ihr gezeigt hat. Die Frau scheint kaum gealtert zu sein. Die Beamtin mustert die Gesichtszüge der Toten. Die Ähnlichkeit mit dem Jogger auf dem Phantombild ist verblüffend.

Barbara Eichners Blick wandert über die schmächtige Figur der Frau. Gedanken schießen ihr durch den Kopf, und die Ereignisse der letzten Wochen und Monate ziehen wie ein Video im Zeitraffer an ihrem inneren Auge vorüber. Erst jetzt wird sich die Kommissarin der Tragweite dieses Moments bewusst: Vor ihr liegt zweifelsohne eine zweifache Mörderin. Was jedoch noch zu beweisen sein wird, wenigstens den Hamburger Fall betreffend. »Mein Gott, wir haben sie. Unfassbar.« Dann fällt es der Beamtin plötzlich wie Schuppen von den Augen. Was, wenn diese Frau und der Jogger, wenn es die Geschwister vielleicht …

»Es tut mir leid, Frau Kommissarin. Ich hätte wissen müssen …« Franziska schluchzt.

»Zu Ihnen kommen wir noch«, erklärt Barbara Eichner eisig. »Ich hatte Sie mehrfach gewarnt.«

Wie diese Hobbyschnüfflerin die Täterin allerdings gefunden hat, ist der Kriminalhauptkommissarin ein Rätsel. Auch dass die

Täterin Franziska so nahe an sich herangelassen hat, kann kaum mit rechten Dingen zugehen. Barbara Eichner wirft Franziska einen argwöhnischen Blick zu.

Inzwischen sind auch die anderen Beamten des Mobilen Einsatzkommandos vor Ort. Zuletzt betreten Karsten Pollack und Frank den Raum.

»Gehen Sie sofort zurück ins Auto. Sie haben hier nichts verloren«, weist Kommissarin Eichner Frank zurecht. »Und du«, sie leuchtet den Professor an, »wenn du nun schon mal hier bist, kannst du dich ja gleich an die Arbeit machen …«

Pollack schaut zwischen Barbara und Franziska hin und her. Er bietet erst der Kommissarin und dann Franziska einen Kaugummi an. Beide lehnen wortlos ab. »Nimm's dir nicht so zu Herzen«, tröstet er Franziska und erntet einen strengen Blick von Barbara Eichner. »Keine Sorge, Barbara. Das hier kriegen wir auch noch hin«, versucht er sie zu besänftigen.

Der Mediziner stellt den Instrumentenkoffer ab und kramt die Tatortlampe daraus hervor. Er beugt sich über die tote Frau und leuchtet ihren Körper ab. »Sie ist tot wie ein Stein«, stellt er lakonisch fest. »Tja, dann mal los.« Er reibt sich die Hände warm: »Jedenfalls können wir einen natürlichen Tod mit hoher Wahrscheinlichkeit ausschließen. Mord ebenfalls.«

Die Kommissarin reagiert ungehalten: »Ich bin absolut nicht zu Scherzen aufgelegt.«

»Schon gut, Frau Kollegin, ich bin ja dran«, entgegnet Karsten Pollack in beschwichtigendem Ton. Er nimmt eine Lupe aus seinem Koffer. Nachdem er zuerst Barbara Eichner und danach Franziska noch einmal kurz fixiert hat, beginnt er, die tote Frau zu untersuchen.

»Sperren Sie bitte alles ab«, wendet sich die Kommissarin an die umstehenden Polizeibeamten. »Und wir, junge Frau, wir gehen jetzt sofort aus der Schusslinie. Schließlich sollen die Kollegen noch brauchbare Spuren vorfinden. Wir reden später«, ruft sie Karsten Pollack zu, der – ohne von seiner Arbeit aufzublicken – nickt.

Während sie zusammen mit Franziska den Tatort verlässt, telefoniert Barbara Eichner mit einer Beamtin vom Erkennungsdienst und anschließend mit der Staatsanwältin. »So, und nun zu uns«, wendet sie sich an Franziska. »Wir setzen uns am besten in den Dienstwagen.«

Die Kommissarin stürmt voran, sodass Franziska, die noch halb unter Schock steht, kaum folgen kann. Als die beiden an Frank vorbeikommen, der die ganze Zeit auf dem Gehweg gewartet hat, wirft sich Franziska ihm weinend in die Arme.

»Jetzt kommen Sie schon!«, ruft Barbara Eichner ihr ungeduldig zu.

Im Auto fragt die Kommissarin sofort: »So, und jetzt packen Sie mal aus. Was wissen Sie über die Frau? Wie sind Sie überhaupt an sie rangekommen? Und bitte keine Mätzchen mehr.«

Franziska zieht die Kette des Joggers aus der Hosentasche und reicht sie wortlos der Beamtin. Diese öffnet das Medaillon und starrt auf das Foto des Mädchens mit der Puppe. Die Haare der Puppe sind herausgerissen, wie bei den Puppen, die man bei den Opfern fand.

»Die Tote, sie heißt Klara Demmler, wurde als Kind von ihrem Vater sexuell missbraucht. Der körperliche und seelische Schmerz hat sie zu der Frau gemacht, die sie … war.« Franziskas Stimme ist kaum hörbar. Sie räuspert sich. Dann bricht es stockend aus ihr hervor: »Sie war krank, sehr krank, eine multiple Persönlichkeit. Sie wissen, was das …?«

»Ja, selbstverständlich. Ein Mensch entwickelt mehrere Identitäten: Doktor Jekyll und Mister Hyde.«

»Genau. Schlimmstenfalls können das bis zu sechzig Persönlichkeitsanteile sein, die häufig gar nichts voneinander wissen. Ein Betroffener spaltet den Teil von sich ab, der missbraucht wurde, und lässt die anderen Identitäten nach vorn treten. So wird es leichter, alles zu ertragen.«

Die Kommissarin schaut Franziska ungläubig, aber auch ein wenig anerkennend an. Eine Weile lang fällt kein Wort zwischen den beiden Frauen.

Schließlich durchbricht Barbara Eichner das Schweigen: »Ich hab's mir schon gedacht. Der Mann, der Jogger – er existiert gar nicht.« Sie verschweigt, dass ihr der Gedanke erst vor wenigen Minuten gekommen ist. »Oder besser gesagt: Er ist … war nur ein Teil von ihr.«

Franziska nickt. Ihr geht durch den Kopf, dass sie von Anfang an gemutmaßt hat, der Jogger sei eine Frau. Als sie dann bei dem Treffen im Wald den Körper des ausgeknockten Joggers abgetastet hat, war sie sich dessen gewiss. »Sie hat hauptsächlich als Mann gelebt, schon seit vielen Jahren«, erklärt sie der Beamtin.

Diese stößt einen tiefen Atemzug aus: »Ja, klar. Deshalb konnten wir sie auch nicht finden.«

»Ach, das ist alles so unendlich traurig«, sagt Franziska leise. »Ich wollte Klara Demmler doch nur helfen. Ich wollte sie dazu bringen, sich der Polizei zu stellen. Wie konnte ich ahnen, dass sie so reagiert. Sie hat keinen Ausweg mehr gesehen. ›In mir wütet ein Scheusal‹, waren ihre letzten Worte. – Jetzt bin ich schuld an ihrem Tod.« Franziska bricht erneut in Tränen aus.

»Sie sind ganz gewiss nicht am Selbstmord von Frau Demmler schuld. Wahrscheinlich hatte sie ihn längst geplant. Aber Ihr Alleingang wird natürlich Konsequenzen haben.«

Franziska entschuldigt sich stammelnd.

Kommissarin Eichner beschwichtigt sie: »Jetzt fahren Sie erst mal mit Ihrem Freund nach Hause. Die Kollegen werden sicher gleich fertig sein und nehmen Sie mit. Melden Sie sich bitte morgen in der Polizeidirektion. Wir müssen Ihre Aussage noch zu Protokoll nehmen. Gute Nacht.«

Auf dem Gehweg kommt Karsten Pollack Franziska entgegen. »Wir reden morgen«, sagt er im Vorbeigehen. »Wenn du magst, nach sechzehn Uhr in meinem Büro.«

Ohne ihn anzusehen, erwidert Franziska: »Mach's gut. Keine Ahnung, ob ich komme. – Ach Karsten, warte mal! Das hätte ich fast vergessen.« Sie zieht das Tagebuch der Toten aus dem Rucksack hervor und reicht es ihm. »Das hat sie mir gleich am Anfang in die Hand gedrückt. Ich solle es gut verwahren. Gib es bitte der Kommissarin.«

Kurz bevor Franziska bei Frank ankommt, der müde auf dem Gehweg sitzt, dreht sie sich noch einmal nach dem Rechtsmediziner um. Dieser steigt gerade zu Barbara Eichner in den Dienstwagen. Er winkt Franziska zu. Sie reagiert mit einer vagen Handbewegung.

Im Auto zieht Karsten Pollack die Kriminalhauptkommissarin an sich und küsst sie sacht: »Du siehst müde aus.«

»Sorry, wegen vorhin. Ich war wohl etwas heftig. Aber meine Nerven liegen blank.« Barbara Eichner sieht den Professor entschuldigend an.

»Schon gut. Ich habe ein breites Kreuz. Das hält mindestens zehn übelgelaunte Ladies auf einmal aus, und zwar im Schwergewichts-Kaliber.« Als die Kommissarin nicht reagiert, wird er ernster: »So, Frau Kollegin, ab jetzt habe ich das Kommando. Du wartest jetzt nicht mehr auf die anderen. Ich nehme dich nämlich mit. – Nein, keine Widerrede. Deine Mitarbeiter kommen auch ohne dich zurecht.«

29

Seit dem frühen Morgen liest Barbara Eichner das Tagebuch von Klara Demmler. Am Ende ihrer Lektüre muss sie lange um Fassung ringen. Es sind die Aufzeichnungen einer zutiefst verletzten und erschütterten Seele.

Die Schrift wechselt, auch der Stil variiert, als hätten verschiedene Personen das Tagebuch verfasst. Hier und da gibt es mehrere Einträge mit demselben Datum. Dann wiederum hat die Frau offenbar monatelang keine Zeile zu Papier gebracht. Die Morde werden kaum erwähnt. Nur an einer Stelle steht mit zittriger Schrift geschrieben: »Töte ihn, dann kann er dir nie wieder wehtun. Mach ihn kalt, er hat dein Leben zerstört.« Darunter sind die Kontaktdaten des Hamburger Opfers notiert.

Was hat diese Frau in ihrer Kindheit durchmachen müssen? Wie hilflos, wie verraten muss sie sich gefühlt haben, von allen im Stich gelassen, allein mit ihrem Schmerz und allein mit ihrer Ohnmacht, wenn sie diesem Monster, dem eigenen Vater, wieder und wieder ausgeliefert war.

Hat deshalb eine ihrer vielen Teilpersönlichkeiten die Oberhand gewonnen? Hat sie deshalb als Mann gelebt, um nie wieder schwach zu erscheinen, um zu demonstrieren, wie wehrhaft sie ist? Und hat sie deshalb die Männer umgebracht – Männer, die ihrem Vater ähnelten und als Stellvertreter für ihn herhalten mussten? Hat sie getötet, um ihre traumatischen Erinnerungen auszulöschen, diesen Schmerz, der unstillbar ist?

Frauen töten Männer, um sich von ihnen zu befreien. Am Ende hat sich Klara Demmler von sich selbst befreit. Barbara Eichner hat den Eintrag auf der letzten Seite mehrmals gelesen:

»Ich fühle mich als Mann. Mein ganzes Wesen scheint männlich zu sein. Stark, kraftstrotzend, stabil. Nicht unterzukriegen. Aber wenn ich mich betrachte, wenn ich in den Spiegel blicke, sehe ich eine Frau. Eine zarte, zerbrechliche Frau. Gedemütigt, geschlagen, missbraucht. Wer bin ich? Eine Irre, eine Geistesgestörte, eine Verrückte. Ein Schatten meiner selbst.«

30

Die Wärme des kleinen Lagerfeuers, das Karsten Pollack an der Elbe entzündet hat, lässt die Wangen der Kommissarin erglühen. Sie tritt einen Schritt zurück. Rauch steigt über dem Feuer auf. Ein paar Folienkartoffeln rösten in der Glut. Der Rechtsmediziner schwenkt einen Stock über den Flammen hin und her, auf den er Würstchen und Lammfleisch gespießt hat. Der Duft des gegrillten Fleisches steigt Barbara Eichner in die Nase.

Ob das Zündeln überhaupt erlaubt sei, hat sie der Professor sofort gefragt, als sie auf seine Einladung hin kurz nach neunzehn Uhr am Elbufer erschien. Der blieb völlig unbeirrt. Er werde die Schuld auf sich nehmen, falls es zu einer Verhaftung käme. Die Jungs und Mädels vom Ordnungsamt seien jedoch sicher längst schon zu Hause. Sie habe also nichts zu befürchten. Außerdem sei er ein Meister im Zündeln. Besonders setze er alles daran, eine solch umwerfende Dame zu entflammen – rein symbolisch natürlich und ausschließlich für ihn selbst.

»Bist du erleichtert? – Was frage ich? Du musst dich fühlen, wie sich eine Chefaufklärerin einfach fühlen muss: phantastisch, superb. Ach was: phänomenal!« Karsten Pollack prostet Barbara Eichner zu, die ihr Glas an die Lippen führt, ohne zu trinken.

»Ich kann gar nicht sagen, wie mir zumute ist. Es ist alles noch so frisch. Ich glaube, ich werde wohl noch ein Weilchen brauchen, die ganze Sache zu verarbeiten.«

Sie will vor Karsten Pollack nicht eingestehen, dass es eigentlich Franziska war, die die Täterin aufgespürt hat, und dass dies an ihrer Berufsehre kratzt. Sie will auch nicht zugeben, dass sie sich die ganze Zeit fragt, was Pollack und Franziska – außer dem Interesse für die Forensik – verbindet.

Nachdenklich betrachtet Barbara Eichner die Hochhäuser der Johannstadt auf der gegenüberliegenden Elbseite, die sich wie Bauklötze aneinanderreihen und die Sicht auf den Horizont versperren. Am Himmel fliegt laut schnatternd eine Schar Gänse gen Süden. Die Kommissarin schaut ihnen nach, bis sie hinter dem Johannstädter Häuserblock verschwunden sind.

»Es ist gleich so weit. Ich hoffe, du hast Hunger. Aber du trinkst ja gar nicht.« Der Professor gießt sich Wein nach und stößt wieder mit der Kommissarin an.

»Du riskierst, dass ich gleich lossinge. Mir steigt heute garantiert der kleinste Schluck zu Kopf.«

»Es käme auf einen Versuch an.« Karsten Pollack sieht sie herausfordernd an.

»Vorsicht, wenn ich betrunken bin, klinge ich wie eine Blechdose«, warnt Barbara Eichner.

»Du bist zumindest die sympathischste Blechdose, die mir je untergekommen ist.«

»Na, danke auch.« Sie bricht in herzhaftes Gelächter aus. Langsam leert sie ihr Glas und lässt den Blick umherschweifen. Ein lauschiges Fleckchen hat Karsten Pollack da ausgesucht. Einen Sinn für Romantik hat er, das muss man ihm lassen. Ringsum stehen Laubbäume, die im Sommer Schatten spenden, mittendrin mehrere Weiden, deren zarte Zweige fast den Boden berühren. Links mündet die Prießnitz in die Elbe. Nach diesem trockenen Sommer ist von dem Flüsschen nur ein mäanderndes Rinnsal übriggeblieben. Einige Kinder bauen im modrigen Flussbett einen Deich aus Holz und Schlamm. Ihre Stimmen erinnern Barbara Eichner an den silbernen Klang von Glöckchen.

Ein Stück weiter rechts – unweit einer dicken, knorrigen Eiche – hat sich eine arabische Familie um ein Feuer herum niedergelassen. An einem Ast des Baumes hängt ein Seil, an dessen unterem Ende ein Knüppel befestigt ist. Darauf schaukelt singend ein dunkelhaariges Mädchen. Fremde Laute tönen zu Barbara Eichner und Karsten Pollack herüber.

»Es ist schön hier«, meint die Kommissarin leise.

»Hm, finde ich auch. Ich jogge manchmal hier vorbei. Die syrischen Familien sind oft da. Sie wissen eben, wo es idyllisch ist.« Der Rechtsmediziner reicht Barbara Eichner ein Stück braun geröstetes Bratenfleisch und eine dampfende Kartoffel auf einem Pappteller. »Hier, probier mal.« Er beobachtet grinsend, wie sie pustet und dann beherzt in das Fleisch beißt.

»Das ist gut. Thymian, Rosmarin?«

»Totschno, würde mein Freund Sascha sagen. Das heißt wohl ›genau‹, aber dir als Zonen-Mädel, oh sorry, also dir muss ich das ja nicht erklären. Saschas Bruder hat mir übrigens bei der Zubereitung assistiert. Ach, und nicht zu vergessen: Olivenöl und Knoblauch. Ich befürchte, falls du einen Liebhaber hast, muss er zwei Tage auf den nächsten Kuss warten – mich natürlich ausgeschlossen. Wobei, was den Liebhaber betrifft …« Er schaut sie scheinbar bekümmert an. »Ähm, was hast du in der nächsten Zeit vor?«, fragt er unvermittelt. »Urlaub? Neuer Fall? Verlobung? Den Job an den Nagel hängen?«

»Tja, erst einmal muss ich Kraft tanken. Das ist bitter nötig. Vielleicht fahre ich weg. Skandinavien wäre reizvoll oder Südtirol. Ich muss sehen, was spontan möglich ist. Aber nächste Woche bleibe ich noch hier.«

Sie wolle einfach nur die Seele baumeln lassen, auf der Veranda sitzen, inmitten von Gewürzpflanzen, Oleander, Zitronen- und Olivenbäumchen, und den Hauch von mediterranem Flair genießen. Barbara Eichners Miene nimmt einen schwärmerischen Ausdruck an. Von da oben habe sie einen wunderbaren Blick auf die Neorenaissance-Bauten der Sächsischen Staatskanzlei und des Finanzministeriums und weit über die Dächer Dresdens. Selbst die Berge der Sächsischen Schweiz könne sie bei klarem Wetter in der Ferne erkennen.

Für die Kommissarin hat es von jeher etwas Beruhigendes, ja fast Meditatives, dem gedämpften Treiben der Inneren Neustadt zu lauschen, den Straßenbahnen, Bussen und Autos, nicht zuletzt dem Glockengeläut der Dreikönigskirche und dem Plätschern des Wassers im Zirkusbrunnen neben dem Hauseingang, der bis 1945 der Standort des Circus Sarrasani war.

»Manchmal meine ich sogar, das Zwitschern der Spatzen zu hören, die zwischen den Wasser speienden Elefanten des Brunnens umherflattern.« Die Beamtin lächelt vor sich hin. »Ich freue mich auf diese Zeit. Und dann … Ich überlege, nur noch drei Viertel zu arbeiten und noch mal zu studieren: Psychologie, nebenbei im Fernstudium. Ich glaube, das könnte ganz hilfreich sein für meine Arbeit.«

»Alle Achtung.« Karsten Pollack sieht die Kommissarin bewundernd an. »Da hast du dir ja was vorgenommen.«

Barbara Eichner nickt: »Ich … Wir haben Fehler gemacht. Zu viel Routine schadet eben. Den Blick zu erweitern, die Dinge mal aus einer ganz anderen Perspektive zu betrachten und dann einen neuen Weg einzuschlagen, das habe ich inzwischen gelernt. Von … dieser Franziska.« Sie blickt den Professor forschend an. Er macht eine unbestimmte Geste. Dann zieht er Barbara Eichner an sich heran und küsst sie.

»Solange du bereit bist, etwas zu verändern, dich zu verändern, bist du im Fluss«, sagt er leise.

Sie nickt. »Dazu braucht es Einsicht.«

»Hm. Und Mut.«

Die beiden stehen am Elbufer und blicken auf das Wasser.